TAKE
SHOBO

騎士公爵様と溺愛契約結婚!

カタブツ令嬢のキスで国の平和を守ります

ちろりん

Illustration
蜂 不二子

JN030399

蜜猫
Mitsuneko F

contents

イラスト／蜂 不二子

騎士公爵様と溺愛契約結婚！

カタブツ令嬢のキスで国の平和を守ります

序章

「アガサ・シューリス伯爵令嬢。初めて会った人間にこんなことを言われて驚くだろう。だが、俺の生涯をかけて君を大切にし、夫としての務めをまっとうすると約束する。だから、お願いだ。――俺と結婚してほしい」

「……はい？」

出会い頭に行われたプロポーズ。

前置きも何もなく、唐突にこの国の騎士団長に結婚を乞われる。

目の前で膝を突き、真摯な目で訴えてくる彼に返したアガサの第一声は、とても人には聞かせたくない素っ頓狂な声だった。

第一章

状況を少し整理したい。

アガサは混乱して動きが鈍い頭で、これまでの経緯を思い起こす。

朝、勤め先の魔法省にいつもの通りに登庁し、綺麗《きれい》に片付けられた机の前に座り、さて今日も仕事を頑張ろうと心の中で気合いを入れていた。

そして開庁した途端に雪崩れ込むようにやってきた客の話を聞き、黙々と処理をしていたところに、直属の上司に呼ばれたのだ。

『……なんだか、よく分からないのだけれど、国王陛下の使者が君に話があるらしいんだよ』

気弱な上司は、アガサが何かをやらかしたのではないかと考えていたようだ。

とんと心当たりがないので疚《やま》しい気持ちを持つ必要はない。

アガサは早めに用事を済ませてもらおうと早速来訪者のもとに赴き、使者に何用かと聞くとまた不可解なことを言ってきた。

『国王陛下がお呼びです』

あれよあれよと官舎から連れ出され、すぐ隣にある城に向かい、厳かな扉がついている部屋に案内される。

そこにいたのは、我が国ブリングシェアー王国の国王ヨゼフと騎士団長のローガン・ラングフォードだった。

ここで初めてアガサはただ事ではないと気付き、二の足を踏んでしまう。

本当は呼ぶ人を間違えたのではないか、もしくは案内された部屋が間違っていたのではないかと、むしろそうであってほしいと願ってしまうほどに、分不相応な場に恐縮していた。

『……君がアガサ・シューリス嬢か？』

真顔で静かに混乱していたアガサに声をかけてきたのは、ローガンだった。

真っ直ぐな灰色の瞳がこちらを貫く。

あのローガンの瞳に自分が映っているという事実が、俄かに信じがたい。

（……本当に、どうして私が呼び出されたの？）

ますます大きな疑問符が頭に浮かんだ。

『はい。私がアガサ・シューリスです』

とりあえず、ローガンからの疑問に答える。

すると、彼は「そうか」と小さく呟《つぶや》くと、アガサに向かって歩き始め、目の前までやってくると、スッとその場に跪《ひざまず》いた。

そして唐突に始まるプロポーズ。

もうわけが分からなかった。

——さて、これまでの経緯を思い浮かべながら頭の中を整理したが、どう考えても何故《なぜ》こうなったのか分からない。

戸惑うアガサを、ローガンは答えを待ちながら一心不乱にこちらを見つめてきている。

（……うっ……顔がいい）

どうにかして何かしらの返事をしようにも、美しい顔を目の前にしたらまた言葉を失ってしまった。

落ち着け、冷静になれとアガサが自分に言い聞かせていると、この場にいたもうひとりの人物が間に入ってくる。

「……ローガン、お前ねぇ、出会い頭でプロポーズはないだろう。見ろ、アガサ嬢も混乱している」

ヨゼフがローガンの肩を叩《たた》いて、この膠着《こうちゃく》状態を解いてくれた。

混乱と言われてあまりピンと来ていなかったのだろう。

ローガンはヨゼフを見て首を傾《かし》げ、再びアガサの顔を見る。

「混乱させてしまったのか？」

「……ええ、割と混乱しておりますね。顔に出ないので分かりにくいと思いますが」

「そうか。それはすまなかった。……俺も実は混乱しているのかもしれないな」

ようやく自分の失態に気付いたローガンは、シュンとした顔をしてスッと立ち上がった。

遠くから見ても背が高いと思っていたが、間近で見るとますますそれを実感する。顔を上げないと彼の顔を見ることができないくらいに背が高い。

自分との身長差に、不覚にもどきりとしてしまった。

「ふたりとも、まずは座ろう。込み入った話になるからな」

ヨゼフに促され、アガサはふたり掛けのカウチに座るように指示される。

向かい側のひとり掛け用のソファーにヨゼフが、その隣のソファーにローガンが腰を下ろすのを見て、アガサも腰を下ろした。

「申し訳ないね。突然呼び出した挙句に、あんなことになって。こいつは少々突拍子もないことをするくせがあってね」

謝るヨゼフに、アガサはとんでもないと頭を下げる。ローガンも真面目な顔をして「悪かった」と頭を下げてくれているので、悪い人ではないのだろう。

勢い余った行動といったところなのだろうか。

「実はここにお前を呼んだのは、のっぴきならない事情があって、このローガンと結婚してもらいたいからだ」

ところが、ヨゼフの口から飛び出してきた言葉も突拍子もないもので、アガサは息を呑《の》んだ。

「……その、のっぴきならない事情というものを、これから説明していただけるということでしょうか」

「もちろんだ。俺の方から説明しよう」

ローガンが身を乗り出してくる。

先ほどから感じている彼の切迫した雰囲気、そして『のっぴきならない事情』という不穏な言葉から察するに余程のことなのだろう。

アガサは無言でこくりと頷《うなず》いた。

ことは、一か月前に遡るという。

それはカッシャー遺跡から獣の呻《うめ》き声《ごえ》が聞こえてくるという、近くに住む住民の訴えから始まった。

「覚えています。私が最初に村長さんから相談を受けましたから」

アガサは魔法省の中でも、いわゆる苦情受付のようなものをしていた。

魔法被害の訴えはもちろんのこと、摩訶不思議《まかふしぎ》なことや調べてもらいたいことなど、平民貴族関係なく幅広く受け付けており、その解決に向けて各部署に対処をお願いするのだ。

たしかにあのときは騎士団に調査をしてもらうのが妥当だろうと上司に告げ、上司からローガンに依頼が行っていた。

「詳細は省くが、獣の呻き声の正体が年老いた竜だった。病魔に冒され苦しむ声が、遺跡の外にまで響いていたようだ」

そこから専門医に見せてどうにか治せないかと掛け合ったが、寿命も相まって難しいという。もって数日だろうと。

このまま亡くなるのを待つという判断にして切り上げたかったが、困ったことに痛みが酷《ひど》いのか竜はときおり暴れていた。

いつか何かの拍子に遺跡を出て、近隣の村や町を襲ってしまう恐れがある。

何かあったときにすぐに対処できるようにローガンと他数名は遺跡の中に残り、竜の周りに結界を張り続け、他の騎士たちは遺跡の外で待機するようにと命じた。

竜は暴れ苦しみながらその寿命を全うし、そして命を落とした。

最期を見届けたローガンは結界を解除し、竜に近づく。

鱗《うろこ》に覆われた身体を擦り「よく頑張ったな」と供養の言葉をかけた瞬間、竜はバッと目を開けてローガンの肩に噛《か》みついてきたのだという。

「そ、それでは大怪我《おおけが》されたのでは？」

聞いているこっちも肩が痛くなってしまいそうだ。

大丈夫なのかと聞くと、ローガンは首を横に振った。

「怪我《けが》はなかった。正確には噛《か》み付《つ》かれたわけではなく、呪いをかけられたんだ」

「呪い……」

仕事である程度聞きなれた言葉を無意識に繰り返していた。

呪いをかけられたという相談は、アガサのところにもくる。

大抵は軽微なものだったり、呪いをかけられたと思い込んでいたりと対処できるものだが、竜の呪いは初めて聞く。

この世界で魔法を操れる生き物は、人間をはじめたくさんいるが、特に竜という種族は絶大な力を誇っていた。

ゆえに、竜の呪いとなればおそらく強力なもののはず。

魔法をほぼ使えないアガサにも、それは容易に想像ができた。

「この呪いは、俺に強大な魔力を付与するもの。そのうえで魔力を暴走させ、周りを巻き込んで己自身をも滅ぼすという、厄介な呪いらしい」

今、自分はとんでもないことを聞いているのではないだろうか。

こんなことが公になっていたら、官舎中ではローガンの話でもちきりだったはずだ。だが、いつも通り聞こえてくるのは彼の華麗な活躍ぶりと、容姿を褒めちぎる言葉だけ。

ということは、内々の話なのだろう。

外には決して漏らしていない、秘密の話。

それがどうアガサとの結婚に繋《つな》がるのだろうか。

繋がりがあるはずなのに、今のところまったく見えない。

「竜の今際《いまわ》の一噛みは強力な呪いと言われている。専門医がいうには、竜が錯乱状態だったために俺に襲い掛かったのだろうと。――そして、今もなお解き方が分からない解除不能の呪いだと」

「……それは……大変ですね……」

「あぁ、そうなんだ」

そう言ったきり沈黙が訪れる。

何かを考え込む素振りを見せているローガンだが、アガサとしてはその先の話が気になって仕方がない。

「それで、団長にかけられた呪いと私に何の関係があるのでしょうか」

焦れたアガサは先を促す。

すると、ローガンは俯《うつむ》いたまま、躊躇《ためら》いながらも口を開いた。

「たったひとつ、対処方法があると言われた。呪いの解除法が見つかるまでそれを行えば、ある程度は凌《しの》げるらしい」

「それはよかったですね。方法が見つかるまで待つというのは大変ですが、何もないよりはいいかと」

「そうなんだが、その方法が性交渉なんだ」

「……はい？」

「性交渉」

再び沈黙が訪れる。

本日二度目の思考停止に陥ってしまった。

「性交渉をすることにより、俺の中に溢《あふ》れる魔力を相手に吸い取ってもらい、暴走を防ぐというやり方しか有効な手がない」

「……ちょっと待ってください」

「つまり、君には俺と性交渉をしてもらって、定期的に魔力を吸い取ってもらいたいんだ。さきほど君も『よかった』と言ってくれていたから、賛同してくれていると解釈してもいいのだろうか。それなら俺としては早急に結婚式を挙げて……」

「お、お待ちください！」

すごい勢いで話が進んでいるが、アガサはまったくついていけていない。

性交渉という言葉の衝撃から立ち直れていないのに、ローガンがアガサの手を引っ張ってズンズンと前に進んでいる感じだ。

はたから見て、ヨゼフはふたりのやりとりのちぐはぐさに気付いているのだろう。肩を震わせて笑っていた。

ローガンはローガンで「どうした？」と不思議そうな顔をしている。

思わず「どうしたではないでしょう！」と詰め寄りたくなった。

「も、もっと先に話すことがあるでしょう？　私が、何故、私が、そのああ相手に選ばれたのかとかっ」

「そうだな。その説明も必要だな」

「そこが一番重要ですよっ」

どうにかこうにか叫ぶのを必死に抑えて、アガサは欲しい答えを求めた。

マイペースな人なのだろうか。

どうもこちらのペースを乱されてしまう。

「君が魔力吸収体質だからだ。かなり希少な性質だが、俺の過剰になった魔力を危なげなく吸収できるのは、この体質の女性しかいないという話になった」

「私、生まれてこの方、自分がそんな体質であると言われたことがないのですが……」

吸収どころか魔法も使えないのに、どこにそんな要素があるのだと首を傾げる。

「先日、魔術師団長のバートランドがやってきて調べただろう？　そのとき君の体質を確認している」

「たしかにやって来られましたが」

官舎内の女性と握手して回り、その一環でアガサも握手をしただけだ。

「もしかして、あの握手が……？」

「そうだ。それで、君しかいないと言われた」

なるほど、と一気に謎が解けたと同時に、アガサの中で妙な緊張感が生まれてしまう。

つまり、ローガンを救えるのはアガサしかおらず、しかもその方法が性交渉にて魔力を吸い取るというもの。

もしも断ったら、ローガンは周りを巻き込んで死んでしまう可能性が高い。

それは緊急事態だ。

ぜひとも何とかしなければならない事態だが、こちらにもすぐに結婚しましょうと言えない事情がある。

いや、願ったりかなったりなのだろうが、どうしても気が引けてしまう。

「あの、団長は私の体質だけで結婚を申し込んできたと思うのですが、そもそも私は貴方《あなた》の身分に釣り合わないかと」

「そんなことはないだろう。君の家はシューリス伯爵家だ。公爵家の我が家と縁続きになっても遜色ない爵位だと思うが」

「爵位で言えばそうなのですが、我が家はいわゆる没落貴族というものです。社交界での評判は地の底にあります」

そんな家の娘が、公爵家の嫡男と結婚してもいいのだろうか。

しかも、ローガンはヨゼフの従弟だ。

王家と近い血筋の彼が、没落貴族の令嬢を娶《めと》ったとなれば、名誉に傷がついてしまうのでは

「君の家の事情は分かっている。だが、没落しようと血筋は確かなものだろう？　何も問題はないはずだ」

と不安になった。

ローガンの堂々たる様《さま》に、気圧《けお》されそうになる。

アガサもそうできればよかったが、それはなかなか難しい。

正直、もう令嬢として何の価値もない自分と結婚させてしまうのは申し訳ない気がしてならない。

本来なら、女の身でありながら平民に紛れて仕事をしているような、社交界でも誰にも選ばれなかった人間を選ぶ必要もなかっただろうに。

彼ならば、これからいくらでももっとふさわしい令嬢が現れるだろう。

その可能性を潰すのはあまりにも惜しい。

他人ながらそう思っていた。

けれども選ばれたのは、そんなチャンスすら得られなかったであろうアガサだ。

アガサからするとこれは幸運以外の何物でもない。

本来なら喜ぶべきなのだ。ローガンの誠実な対応に心が打たれていてもおかしくない。

けれども、アガサは結婚というものに希望を持っていない。もうしなくてもいいと思い、令嬢ながらに働きに出たのだ。

だから、突然結婚をしてほしいと言われても、素直にその言葉を受け入れることはできず、戸惑いばかりが生まれてしまう。

「もともと魔力保有量が多いローガンは、さらに竜の呪いを受けて倍増した上に暴走の危険性を孕《はら》んでいる。もしも暴走させたときの被害は、予測できないほど甚大だ。アガサにはどんな形であれ、定期的にローガンの魔力を吸い取ってもらわなければならない」

迷うアガサをヨゼフがさらに追い打ちをかける。

「お前たちがここで結婚を決められないのであれば、私がここで決めてやろう。――アガサ、これは王命だ。ローガンと結婚して、こいつから魔力を吸い取ってくれ」

王命という強い言葉を使って。

「やめてくれ。彼女を追い詰めるな」

すかさずローガンが諫《いさ》めようとしていたが、ヨゼフは一歩も引く素振りを見せなかった。

「追い詰めているわけではない。これは国民の暮らしを守るという義務を背負う私が命ずる最善策だ。否やは許されない。そういう状況なんだよ、これは」

「分かっている。それは俺が一番分かっている。けれどもアガサ嬢は巻き込まれたんだ。やはり命令ではなく、俺が再度申し込むべきなのだろう」

命令ではなく、お願いをして結婚の承諾を得たい。

行き着く先は同じなのだからアガサにとってはどちらでもいいのだが、ローガンにとってはそこが大事なのだ。

呆《あき》れるヨゼフをよそに、ローガンは立ち上がり、座るアガサの目の前で跪いた。

「アガサ・シューリス伯爵令嬢。こんな呪い付きの俺だが、どうか結婚してほしい。夫として君に全力を尽くすことを約束する」

一度目のプロポーズと同じ、真摯な瞳。

たったひとりの相手に、自分の運命を委ねてすべてを守ろうとしている人。

そんなローガンに対し、アガサはゆっくりと頷いた。

(……結婚……結婚かぁ……結婚……ケッコン……)

頭の中で何度も呟いてみたが、いまだに現実感がない言葉に思えた。

とっくの昔に諦めたものを、まさかこんな形で手に入れる機会を得ることになるとは。

しかも相手はあのローガンだ。

夢だったかもしれないと、自分の頭を疑っても致し方ないだろう。

(それにしても、至近距離に耐えられる美形って存在したのね。お肌も綺麗だし、手も脚も長くて、驚きよ。何、あの脚を組んだときの優美さは。あまりにも脚が長くて、ソファーに収まりきってなかったわ。ぜひ物差しを持ってきて脚の長さを測りたかった……)

アガサはローガンの姿を脳内で思い起こしては、彼の容姿のよさにうっとりしていた。

絹糸のように艶に濡《ぬ》れた黒髪と、優しい光をともした灰色の瞳。

二十七歳という脂が乗った色気と男らしさを兼ね備えた、美形中の美形。

公爵家の嫡男、国王の従弟、騎士団長。

肩書きだけでも魅力と威力があるというのに、顔の良さも段違いときている。

いつも遠くからしか眺めたことがないが、近くで見れば見るほどに、彼の造形の美しさが際立って見えた。

顔だけではない。胸板の厚さや、四肢の長さも同様。

美からかけ離れた箇所が見つからない。

何をとっても完璧の美形、イケメン、伊達男《だておとこ》。

さらには、性格もよくて紳士的とくれば、当然女性人気は高い。

多忙の身であることから最近は社交界に出ていないらしいが、皆、いつ彼が結婚相手を選ぶのか興味津々だった。

あまり人付き合いが多くないアガサの耳にも噂《うわさ》が入ってくるほどに、彼は有名人だった。

遠くから眺めるだけ、きっと自分とは一生縁がない人。

そういう括《くく》りの中にいたはずのローガンが、今や結婚相手になっているなんて、どう考えても現実味が薄いだろう。

だから、結婚すると答えたものの、夢のように思えた。

「ただいま戻りました。申し訳ございません、長い時間席を離れてしまいました」

「いやいや、陛下からの呼び出しなら、仕方がないよ。君もほら、一応、貴族令嬢だからね。我々平民とは違うお付き合いってやつがあるんだろう?」

職場に戻り次第、上司に戻ってきた報告と謝罪をしに行くと、彼は手をひらひらと揺らしながら笑う。

「いやぁ、でも陛下に直接呼び出されるなんてねぇ。やはりこんなところで働いていても、血筋が違うと特別目をかけられるのかねぇ。いいねぇ、僕たちとは大違いだよ」

きっと悪気はないのだろう。

無意識から出る、貴賤《きせん》の差別。

没落してもアガサは貴族であることには変わらないのだから、自分たちとは違うのだという、言葉の裏に隠された本心。

もう聞きなれてしまったそれらの言葉を、アガサは耳から入れても心には入れないようにしていた。

「いいえ、ただ以前受け持った仕事について、内密に聞きたいことがあると呼び出されただけですので」

当たり障りのない答えを返し、アガサはお辞儀をして自分の席へと戻っていった。

ヨゼフに呼び出されたことは、もう職場内で広がっているらしく、皆がこちらをチラチラと盗み見てくる。

煩わしい視線を送ってくるが、直接聞いてくる人はいない。

いつも遠巻きにしている相手に、業務の話以外の話題を振る勇気もないのだろう。アガサも敢《あ》えてそういうことは避けるようにしていた。

どれほど対等に扱ってほしいと願っても、身分や世間の評判という壁は壊せないのだから。

アガサの家は昔こそ伯爵家にふさわしい生活をしていた。

小さいながらも領地と屋敷を持ち、社交界シーズンになれば王都にやってきて夜会に繰り出す。

お茶会や紳士クラブに向かう母や父の姿を見ては、自分もいつか仲間入りするのだと信じて疑わなかった。

ところが、友人に唆された父が投資に手を出したことからすべてが脆《もろ》く崩れ去った。

最初は上手《うま》くいっていた。元金の何倍もの配当金が入ってきて、父も大喜びをしていた。

だが、上手くいってしまったのがいけなかったのだろう。

さらなる利益を求めて、大きな額を投資につぎ込んでしまったのだ。

それが失敗すると、損失を取り返すために投資を。また失敗し、方々から金を借りてさらに投資を。

父が屋敷も領地も手放さなければならないと言い出したときには、もう取り返しがつかないほどに借金が大きく膨らんでしまっていた。

母は気丈に少しでも借金の返済に充てられるようにと金策に走るも、父は情けなくも塞ぎ込んでベッドの住人になる。

大好きだったはずの父の不甲斐《ふがい》ない姿を見て、アガサは徐々に怒りを抱くようになった。

湯水のように金を使い、それを失えば自分は被害者面して寝込み、あとは母に任せきり。

顔を合わせれば「何故こんなことになったんだろう」とぼやくばかりで、何か動き出す気配もなかった。

結局、屋敷も領地も手放し、肩書きだけが残ったシューリス伯爵家はバラバラになる。

父と母は別居し、母とアガサ、そして弟は王都に残り、父は元領地の一角で療養することとなった。

そのとき、アガサは十六歳。

子どもでもなく大人でもない、そんな年頃の心にはつらい現実だった。

もっと辛かったのは、母がアガサにすべての希望を託したことだ。

『夜会に行って、この家を救ってくれる結婚相手を見つけてくるのよ。もうその手しかないわ』

これは家の復興のため、将来伯爵位を継ぐ弟のためなのよと言われてしまえば、アガサは拒否できなかった。

家の中にある金を全部集めて買ったドレスは、安物の生地に、流行遅れのデザイン、地味な色合いと決していいものではなかっただろう。

けれども、当時の我が家ではそれが買える精一杯のものであると分かっていたので、これで勝負をするしかなかった。

アクセサリーもなく、アガサを着飾るものは何もない。

身一つで、紳士の心を射止めなければならない、そんな過酷な状況で挑んだ夜会は、案の定惨敗だった。

すぐに没落貴族の娘だとバレてしまい、噂はあっという間に会場中に回ってしまう。

嘲る者、関わらないようにと遠巻きにする者。この辺はまだよかったが、困ったことに面倒くさい人間に目をつけられてしまい、終始揶揄《からか》われ続けた。

ダンスの相手をしてほしいとひっきりなしにやってきては、上手く踊れないアガサを小馬鹿にして笑いものにする。

皆が注目する中で、アガサの格好を貶《おとし》める。

『そんなに金に困っているなら、私の愛人にしてやろうか?』

侮辱的な言葉を投げつける男もいた。

しつこく追いかけ回され、それを見ていた男たちはおかしそうに笑う。

あの日のアガサは、世界で一番惨めな女だっただろう。

貴族男性というものはこんなにも醜悪で、酷い人間たちの集まりなのかと、自分の父親が見せる情けない姿も相まって、失望した一夜だった。

結婚は諦めてほしい。

その分働くから。

アガサが真剣な顔で母に告げたのは、夜会の翌日だった。

一晩よく考えて選んだのだ、誰かに頼るのではなく、自らの手で欲しいものを手に入れる道を。

貴族令嬢でありながらも自分の力だけで家族を支える道を。

母の友人の伝手《つて》で魔法省に入省できたときは、声を殺して部屋の中で泣きながらこの道を突き進むと覚悟を決めた。

そんなアガサの半生。

(それなのに王命で騎士団長と結婚とか、どんな皮肉よ)

人生とはかくも奇妙なものである。

ローガンが誠実な人間だと分かっている。

噂でもそう聞いたし、直接見聞きした言動でもひしひしと伝わってきていた。

それでも二の足を踏んでしまうのは、自分が没落令嬢である負い目以上に、あの夜会のときに感じた貴族男性への失望と不信感が付きまとっているからだろう。

「ちょっと、貴女《あなた》、聞いているの？」

あれこれと考えていたアガサに、窓口にやってきた女性が訝《いぶか》し気な顔を向ける。

「ええ、もちろん聞いております。隣人が庭の一角に怪しい結界を張って何かを隠しているとのお話でしたね」

思考はあらぬ方向へと飛んでいったが、話を聞いていないわけではない。

だが、相談者にこう指摘されるということは、はたから見ても仕事に身が入っていないのだろう。

(今は忘れて、仕事に集中しなくては)

考えることはいつでもできる。

だから、やるべきことをやってからあとでゆっくり考えよう。

「それでは、魔術師団警邏隊《けいらたい》の方に調査を依頼いたしますので、できうる限り詳しい状況を教えてください」

「ええ？　警邏隊なの？　騎士団とかお願いできない？」

女性は警邏隊だと不十分では？　と難色を示した。

こういう人は一定数いる。なまじ騎士団の知名度が高いこと、警邏隊は騎士団に入れなかった人間が入るものだと勘違いしている人も多い。

故により大きな安心を求めて騎士団に動いてもらいたいと申し出てくるのだ。

「警邏隊も優秀な人材がそろっております。それにこの手の調査に関しては騎士団よりも警邏隊の方が得意ですので、安心してお任せください」

「そうなの？　そう言うのであればいいのだけれど……。でも、一度でいいから騎士団長さんをこの目で見てみたかったわぁ。凄《すご》い色男なんでしょう？　この国の宝だって皆言っているわ」

（……国の宝）

たしかにローガンはそう呼んでも差し支えないくらいの活躍をしている。

最近では、長年隣国と国境を巡って起こっていた諍《いさか》いを収め、和解へと持ち込んだ。

この功績は国中の人間が絶賛するところであり、あの気難しい隣国の将軍を説得できたのもローガンの人柄があってだろうとも言われていた。

彼は英雄で、この国にはなくてはならない人。

そんな人を、こんな没落令嬢が救える。

結婚は自分のためではなく、国のため、しいてはローガンを救うためにするのだ。

そこだけに焦点を当てれば、おのずと気が楽になってきた気がする。

（たしかに、結婚と考えれば気後れしてしまうけれど、国とローガン団長を救うためと思えば俄然《がぜん》やる気が湧いてくるわね）

アガサは見据えるべきは大儀なのだと頭の中を整理し、不安を取り除いていった。

「ねぇねぇ、聞いた？　ローガン団長が結婚相手を探し始めたらしいわよ」

「まぁ！　それじゃあ、ご令嬢たちは気が気ではないわね」

翌日、お昼休憩の時間に聞こえてきた女性たちの話に、アガサは一瞬動きを止めた。

だが、すぐにお昼ご飯にもってきたパンを再び口に運ぶ。

一方、耳は女性たちに向いたままだ。

ひとりになりたくてわざわざ官舎内にある庭のベンチで昼食をとっているというのに、その向かい側のベンチでそんな話をしているのだから、聞くなという方が難しい。

「ずっとローガン団長の色恋沙汰は聞いたことなかったからその気がないと思っていたけれど、やっぱり貴族だもの、結婚は必要なのね」

「選ばれる相手はどんな人なのかしらね」

「さぁ？　貴族令嬢でしょう？　きっとお高くとまった性格の悪いお嬢様よ」

お高くとまっているつもりはないが、性格の良《よ》し悪《あ》しは客観性による評価なので判断がつかない。

貴族令嬢というだけでそんな評価をされるのは慣れたものだが、さすがに今は聞いているだけで居た堪《たま》れなかった。

職場に戻って書類仕事をしよう。

そう思ってベンチから腰を浮かしかけたとき、頭上に影が差した。

同時に、先ほどの女性たちの悲鳴が聞こえてくる。

「こんなところにいたんだな。官舎内に詳しくなくて、随分と迷ってしまった」

聞き覚えのある声に、アガサはぎくりと身体を硬直させた。

ゆっくりと顔を上げると、そこには女性たちが噂をしていたその人がいる。

こちらの顔を覗《のぞ》き込むように腰を屈《かが》めているために、思っている以上に近い距離に顔があって目を丸くして固まってしまった。

「隣、いいだろうか」

「……はい、どうぞ」

ローガンがベンチの隣を指さす。

流れでつい了承してしまったが、断ればよかったと後悔する。

女性たちの視線が痛い。

「昨日はすまなかった。いろいろと混乱させただろう。それを謝りたくて君を探していた」

「わざわざそこまでしなくても大丈夫でしたのに」

「いいや、こういうのは早い方がいい。俺は君との最初の出会いでしくじった。だから、挽回《ばんかい》しなければ。あと君と話がしたかった」

先ほどはこちらが聞き耳を立てていたのに、今度は立てられる側になっている。

女性たちの存在が気になって、そぞろになりそうだ。

ここでは十分に話を聞くことができない。

そう感じたアガサは、ローガンが話を始める前に切り出す。

「場所を変えませんか？　……その……肩の、あれのこと……公にはしていないのでしょう？」

ここは人目があるからと横目で女性たちを見ると、ローガンは首を傾げる。

「たしかに公にはしていないが、今はその話をするつもりはない。だから問題ないのだが」

「そうだとしても、私が人前で話すのが憚《はばか》られるのです。貴方は目立ちますから」

「そうか。まぁ、俺の役職上、顔は知れ渡っているだろうからな」

そういう意味で目立つと言ったわけではないのだが、彼がそれで納得してくれるのであれば何でもよかった。

どちらにせよ、ローガンがアガサに話しかけてきた場面を見られたことで、噂は巡ってしまう。だから、せめて話の内容は聞かれないようにしたかった。

「こちらです」

率先して腰を上げ、人目のない場所へと足を進める。

ローガンは何も言わずについてきてくれた。

「このままひと気のない場所を歩きながら話すのはいかがですか？」

「いいだろう」

ふたりで庭の中でも誰もいない場所を目指した。

「それで、お話とはなんでしょう」

ふたりの足音だけが聞こえる中、アガサはローガンに訊《たず》ねた。

ここまでわざわざやってきてくれたのだ、出会いの仕切り直しをするためだけに来たわけではないのだろう。

何かしら大事な用事があって、アガサに会いに来たに違いない。

「昨日伝えるのを忘れたんだが、俺との結婚の対価……というわけではないが、君の実家に資金援助をしたい」

「資金援助ですか?」

「ああ。さすがに俺だけが対価をもらって得をするのは不公平だ。こちらからも君のためになることをしようと考えた、どうだろう?」

それは願ってもないことだ。

少しでも母や弟に楽な暮らしをさせられるのであれば、ありがたくその提案を受けたい。

「あ、ありがとうございます。それは……本当に助かります」

「いや、助けてもらうのは俺の方だ。このくらいは当然させてほしい」

一度立ち止まり、アガサは深く頭を下げる。

今のアガサの給料では最低限の生活しかさせてあげられなかった。

母の最初の願いも、結婚して家にお金を運んできてほしいというものだったのだ、きっと家族も喜んでくれる。

「それともうひとつ」

少し浮き足立ったアガサに、ローガンは続けて言う。

こっちも大事な話なんだが、と付け加えて。

「俺のことを知ってほしいと思って、君を訪ねた。これから夫婦になるんだ。大事なことだろう」

知ってほしい。

たったそれだけのために、忙しい身のはずなのにわざわざやってきたのかと驚く。

「まずは俺の自己紹介からだな。ローガン・ラングフォード、二十七歳だ。好きな食べ物はトマトとオレンジだ」

突然始まった自己紹介にぎょっとしながら、ローガンを見つめる。

すると彼は、今度はアガサの番だとばかりに見つめ返してきた。

「……アガサ・シューリスです。今年二十歳になります」

こんな感じでいいのだろうかと視線で窺《うかが》うと、彼はそれだけでは不十分だったらしくさらに突っ込んでくる。

「好きな食べ物は？」

「……何故好きな食べ物を？」

「食の好みは大事だろう？　一緒に何かを食べたいと思ったときに、相手の好みを把握しておけば、スムーズにいく」

「……それはそうですけれど」

それでも最初に主張するのが好きな食べ物なのかと、心の中で苦笑いをしてしまった。

「アガサ嬢、君の好きな食べ物は何だ？」

「特には。食べられれば何でもいいです」

「そうか。食べ物すべてが好きということだな。好みのものが多いのはいいことだ」

自分でもつまらない答えだと思って口にしたというのに、ローガンはいい方に捉えてくれたようだ。

まさかそんな風に返されるとは思っていなかったアガサは、内心狼狽《うろた》える。

「逆に嫌いな食べ物はないのか」

「ありません。嫌いだからといって避けてしまうのはもったいないとすべてを口にしていたら、苦手はなくなりました」

「俺も嫌いな食べ物はない。同じだな。初めて見つけた共通点だ」

静かに微笑《ほほえ》む彼は、どことなく嬉《うれ》しそう。

（その微笑みは反則です）

本当、こんなことを聞いて何が楽しいのか。

つられてアガサも笑いそうになった。

魔力が暴走し、いつ命を落としてもおかしくない状況なのに、ローガンはアガサに気を遣ってこんな話をしてくれるのだろう。

段階を踏んで誠実であろうとしている。

きっとそんな時間もないだろうに。

「これから結婚式まで互いを知っていこう。一生を共にするんだ、必要だろう？　どんな結婚式にしたいかなど、君から聞きたい」

「あ、そのことなのですが、結婚式はしなくていいです」

「ん？」

ローガンの顔が笑顔のままで固まる。

「私たちの結婚は、いわば契約結婚です。ローガン団長の呪いが解ければおのずと契約も解除される、そんな関係だと認識しております。ならば、そこまで仰々しくする必要はないのではないでしょうか」

「……けど、結婚式は大事だろう？」

「それよりも早く体裁だけ整えて、魔力暴走に備えた方がいいと思うのですが。そもそもの目的はそこでしょう？　私たちが夫婦であることではないはずです」

　これは合理的な提案だ。

　余計なものは省略してやるべきことをすれば、ローガンの負担も減るだろうし、何よりも今後のためになるだろう。

　契約結婚だからこそ、どこかで線引きしなければならない。

「それに、もしもですよ？　今後ローガン団長に心から愛する人が現れたとき、それこそ困るでしょう？　ローガン団長の呪いが解けたときも同じです。切れるときはすっぱりと切れる関係でなければ」

　本当は魔力を吸収するだけの関係、つまり身体だけの関係ならば後腐れがなかったのだろうが、さすがに体裁が悪い。

　ローガンもそれは望んでいないようだった。

　アガサも彼が不誠実な男だと噂を立てられるのは嫌だった。

「情があると今後何かあったときに、私の存在が足枷《あしかせ》になってしまうはずです。貴方はお優しいから、私のことを切り捨てられずに惑うでしょう。苦しむかもしれません」

　アガサが話していくうちに、ローガンの顔がポカンとしたものから、徐々に悲しいものになっていく。

　こちらが驚いてしまうほどにしょんぼりとした顔をするので、これ以上言わない方がいいのかもしれないと思ったが、それでも話を続ける。

これは今後のふたりにとって大事な話だ。

「とりあえず形だけは夫婦という体を取りませんか？　それならばいつ暴走しても対処できますし、私としてもその方が気が楽ですし、離縁もしやすいかと」

どうでしょう？　とローガンの方を向くと腕を掴《つか》まれた。

焦ったような顔を向けてくる彼は、先ほどの悲しい顔から一転して必死な形相になる。

「俺はプロポーズのときに君を大切にすると言った。持ち得る限りの力をもって幸せにすると。その約束を反故《ほご》にするつもりはない。結婚式はその第一歩だと考えているんだが」

「ですが、時間がないのも確かでしょう？　少しでも急いだ方がいいと思います」

う、と言葉を詰まらせた彼は、「そ、そうだが……」と考え込んだ。

「……だが、俺の都合で結婚するんだ。そこはちゃんとしなければ、君に申し訳が立たない。本来なら、君だって愛する人とか俺よりもいい人が現われたかもしれないのに」

真面目な顔をして言ってくるので、アガサは思わず、ふふっと笑ってしまった。

「私にはローガン団長以上の良縁がくることはありませんよ。むしろ、私にはもったいないお話です。私の身ひとつで貴方も国も、そして我が家も救えるのですから安いものでしょう？」

社交界で見向きもされなかった自分が、こうやって役立てるのだ。

身に余る光栄でしかない。

アガサはそう思っているのに、ローガンは納得いかない顔をしていた。

「正直に言ってしまいますが、私は結婚に希望を持っていません」

父の身勝手な投資で家族は壊れ、さらに結婚相手を探しに社交界に赴けば追いかけ回され、お前を娶る男はいないと嘲られた。

そんな経験を経て、もう無理だと悟ったのだとローガンに話す。

「だから、自分の力で稼ぐ道を選んだのです。そうすることで前に進みました。だから、今回は魔力を暴走させない役目を担うことで前に進みたいと思っております」

ローガンに報いたい。

自分のこの気持ちと、生き方に折り合いをつけようとした結果、こういう答えに辿《たど》り着《つ》いた。

「……君は、自分の幸せを考えないのか？」

「考えておりますよ？　この状況は十分すぎるくらいに幸せだと思うのですが」

想定外な言葉に、アガサはきょとんとした。

これ以上の幸せを望めるわけでもない。だから、今この手に掴めるもので満足するしかないだろう。

ずっとそうしてきたのだから。

「だが、君は他人が作った状況の中で見出《みいだ》したものを何も言わずに享受しているだけじゃないか。こうしたいとか、ああしたいとか……こう、もっとないのか？」

「う～ん……特には。しいて言うのであれば、結婚したらさすがに今の仕事は辞めなければならないと思うので、他に何かに取り組めるものがあればとは思いますが……」

他にあるだろうか。

これまでローガンが出してくれた条件は十分すぎるものだ。それ以上に何を求めたらいいか分からない。

そう正直に言うと、ローガンは何故か頭を抱えていた。

「君は無欲だ」

「そうでしょうか」

初めて言われた言葉に戸惑いが生まれる。

「俺は君に犠牲を強いたいわけではないんだ。納得しているのかもしれないが、今の話では君だけが傷ついて、俺だけに都合がいいようになっている。それは嫌だ。……こう、もっとふたりで……」

途中まで言いかけて、ローガンは考え込んだ。

何を言いたいのかと彼が話し始めるのを待っていたが、その前に昼休憩の終わりを告げる鐘がなる。

「休憩時間が終わりますので、これで失礼いたしますね。仕事に戻ります」

「あ、あぁ。すまないな、君に言われたことを考えて、自分がどうしたいのか頭の中で整理をしていうちに言葉を失くしてしまった」

黙りこくってしまったことを謝罪し、申し訳なさそうな顔をする。

アガサは首を横に振り、「気にしないでください」と返した。

「私が提案したこと、考えてみてください」

「……だが」

「魔力暴走まで時間はないかもしれないのでしょう?　ご自身の命を大事にしてください」

ぺこりと頭を下げてその場を去る。

最後まで何か言いたげな顔をしていたローガンが気になったが、次回会えたときにまたゆっくり話し合えればと思う。

他人と自分は異なる考え方を持つ。

それはごく当たり前のことだ。だからこそ話し合いが必要になってくる。

中には話し合いすらままならない相手もいるが、ローガンはそんな人ではないはずだ。

そう期待したい。

(……誰かに期待しようと思えたのは、久しぶりかもしれない)

それはかりそめであっても結婚する相手だからか、それともローガンだからだろうか。

彼の背中を思い浮かべて、自分の中に答えを見出そうとした。

「アガサ君、スピーシーズ局長が呼んでいるよ」

職場に戻ると早々に上司が呼び止めてきた。

彼の言葉に一気に現実に戻される。

スッと頭の中の熱が霧散していくのが分かった。

「分かりました。スピーシーズ局長のところに行ってきます」

昼食を自分の机の上に置き、手帳と筆記用具を持つと、さっそく魔術師団官舎に足を急がせた。

魔術師団警邏隊。

主に魔術による民間トラブルを解決する部隊だ。

解決の他には、問題がないか町中をパトロールする。

部隊は各町に配置されており、国民の暮らしと深く密接していた。

アガサが窓口で相談を受け付けると、大抵の場合ここに対処をお願いする。もしも警邏隊の手に負えないと判断された場合は騎士団に回されるのだが、数としてはそこまでない。

先ほど上司が言っていたスピーシーズ局長とは、警邏隊のトップに立つ人物、ダスティン・スピーシーズのことだった。

「魔法省のアガサ・シューリスです」

彼の執務室の扉をノックして名乗ると、すぐに返事がくる。

「入れ」

（……あぁ……不機嫌そう）

アガサは溜息《ためいき》を噛み殺しながら、扉を開けた。

「随分とゆっくりとした登場だな。お前を呼び出したのは随分と前だが」

「申し訳ございません。お昼休憩の時間でしたので席を外しておりました。休憩に入る前にお呼びいただけたら、対処できたのですが」

タイミングが悪かった、故意ではないと主張すると、ダスティンは面白くなさそうに顔を歪《ゆが》める。

「それは申し訳ないことをしたものだ。どうやら俺はお前の休憩時間を配慮しなければならないことも知らず、呼んでしまったのだなぁ」

「そうしていただければ、次からはスピーシーズ局長のお時間を取らせずにすむかという提案です。ですが、今回は呼び出しにすぐに応じることができず申し訳ございません」

深く頭を下げ謝ると、ダスティンはようやく気が済んだのか、口端を持ち上げた。

だが、これからだ。

彼がアガサを呼び出したということは、振った仕事に文句があるときなのだ。

「三日前にお前が緊急レベル2としてこちらに振ってきた案件についてだ。私の部下があればレベル1の仕事だったと報告してきた。お前のレベル判定が不十分なのではないかと」

レベル2だというので重装備で向かったのに、結局は大したことがない案件だった。

むしろ危険性もなく、放っておいてもよかったとさえ部下は言っていると苛立《いらだ》った様子でダスティンはまくしたててきた。

「お前のせいで無駄骨を折った。まったく……どうしてくれる。貴族としての誇りを失ったばかりか、その能力まで低いときた。お前はつくづく不憫《ふびん》な奴《やつ》だな」

ダスティンはスピーシーズ侯爵家の人間で、典型的な気位の高い傲慢な貴族男性だ。自分より下の者を見下し、貶める。

人の話など聞かず、自分が正しいのだと言い張るそのおごり高ぶった姿は、醜悪とさえ思えてしまう。

（……同じ貴族男性なのに、ローガン団長とは大違いね）

先ほど話をしたばかりだから、なおのことそう思えてしまう。

ローガンは、アガサの意見を戸惑いつつも頭から否定せずに耳を傾けてくれていた。

久しぶりに家族以外の誰かと、対等に話せた。今さらながらに胸が熱くなった。

「だから言っているだろう。仕事などせずに、大人しく愛人にでもなればいいと」

ところが、そんな高揚感もダスティンの言葉で冷えていく。

密《ひそ》かに握り締めた手に力が入った。

「没落貴族であるお前にはまともな相手は見つからないだろうが、愛人としてぐらいならもらい受けてもいいと申し出る紳士はいるだろう。お前にはそれしか価値がないからな」

彼の嘲笑を、アガサは心を無にして受け流した。

――ダスティンは、あの夜会の日にアガサを公衆の面前で貶めて、辱め、そして「愛人になれ」と追いかけてきた男だ。

アガサに絶望を与えた人。

あのできごとを経て結婚を諦めて、ようやく今の仕事を見つけたと思ったら、仕事相手のひとりとしてダスティンが現れた。

自分に靡《なび》かず、それどころか逃げたアガサを許せなかったようで、こうやって無駄に呼び出しては嫌味《いやみ》をぶつけてくる。

「今からでも、私が愛人にしてやってもいいんだぞ？　その身分では妻というのは難しいが、愛人ならしてやれる」

そして、夜会の日の雪辱を、アガサを虐《いじ》めることで晴らそうとしていた。

「何度言われても私に返せる答えはひとつです。そのつもりはありません」

煩わしさと、面倒くささと、さらに膨らむ失望と。

ダスティンと言葉を交わすたびに、自分の尊厳がガリガリと削られていくような気がする。

こんな言葉など気にしないと思いつつも、どこかで何かがポロポロと剥《は》がれ落ちていくのだ。

さらにダスティンへの嫌悪感が増していくのが分かった。

「女の身ひとつで、平民のようにあくせく働くだけではたいして家の助けにならんだろう。無駄な努力をするくらいなら、もっと楽な道を選べばいいのになぁ」

執務机に腰をかけたまま話をしていたダスティンは、おもむろに腰を上げてアガサの目の前までやってくる。

嘲りの笑みを浮かべて睥睨《へいげい》してくるので、アガサは無表情で彼を見上げた。

「私が楽をさせてやると言っているんだ。お前は生意気な女だが、愛人となればちゃんと可愛《かわい》がってやる。私なりのやり方で、だがな」

「私は仕事の話をするためにやってきました。そんな話をするのであれば、もう帰らせていただきます」

付き合っていられない、こんなくだらない話。

ずっと言い続ければいつかは折れると思っているのか。

そんな暇はないのだと言い返すと、ダスティンは愉快そうに顔を歪めた。

「……ったく、生意気な女め。もういい。用はもう終わった。帰れ」

本当は仕事の話などどうでもいいのだろう。ただ、アガサを虐めたいがためだけに呼びつけたのだから。

「失礼いたします」

頭を深く下げたあと、部屋をあとにしようと踵《きびす》を返す。

そんなアガサの背中に、ダスティンは最後とばかりに言葉を投げかけた。

「緊急レベルの区分を、ちゃんと勉強しておくんだな。うちの部下に迷惑をかけるな」

「申し訳ございませんでした」

振り返り再度頭を下げ、ダスティンの部屋を出ていった。

緊急レベルの振り分けは、アガサだけで決めているわけではない。

上司と相談したうえでレベルを決め、さらにその上の上長にも確認を得て、ダスティンに回していた。

全会一致でレベル2に間違いないと決まった上で出しているので、あんな風に責められてもアガサにはどうしようもないことだ。

そんなことを言ったとしても、ダスティンは聞く耳を持ってくれなかっただろう。

そこはどうだっていいはずなのだから。

ダスティンはいい反面教師だ。

そういう意味では、ここで彼に呼び出されたのはいいタイミングだったのだろう。

（やっぱり善人の貴族男性は貴重ね。それこそ国の宝だもの、何としてでも助けなくちゃ）

決意がさらに固くなる。

◇◇◇

（結婚式はいらない、すぐに別れても構わない関係、か……）

ローガンは、昨日アガサに言われた言葉を思い返した。

たしかにそうすれば余計な手間は省けるし、今後何か起きてもリスクを抱え込むことはなくなるだろう。

契約結婚という面においては、それが正しいのかもしれない。

契約が切れれば、夫婦を続ける必要はない。

それがローガンとアガサの現在の状況なのだから。

（……理解はできる。が、納得しがたい）

もやもやとしたものがローガンの胸の中で渦巻く。腑《ふ》に落ちずに、けれども自分の思いをどう伝えていいのか分からずに言葉を探している。

相手の気持ちは尊重すべきだ。

妻となる女性ならばなおのこと。

けれども。

「寂しい」

「…………は？　終わりか？　アガサと話をしてみてどうだった？　と聞いた返事がたったそれだけ？」

ヨゼフは驚きの声を上げたあと、天を仰ぎ呆れた顔をした。

たしかにあまりにも要領を得ない返事だったろう。どうだったと聞かれ「寂しい」という返事だったのだから。

王命という体を取ったヨゼフに進捗状況を報告しろと言われ、彼の部屋を訪ねたまではいいのだが、アガサとの逢瀬《おうせ》は上手くいったのかよく分からない状況だ。

当のローガンでさえ、どうしてこんな気持ちになっているのか不思議だった。

「いい。なら、どんな話をしたのか話してみろ」

気心が知れた仲なので、ヨゼフも何かあったのだと悟ったのだろう。

いちから紐解いてやると、長話のためにお茶を出すようにと侍従に命じていた。

「俺とアガサ嬢は同じ貴族の家に生まれたが、根本的に考え方が違うようだ」

没落した伯爵家の令嬢であるアガサと、公爵家の長男で王であるヨゼフの従兄《いとこ》である自分。

しかもヨゼフとは年が近いために小さい頃から親しかった。彼の親友といってもいい。

いつかは王になるヨゼフを守る剣となるために、騎士団に入り、騎士団長まで上り詰めた。

ただただがむしゃらに剣を振り、国の平和を守るために奔走する日々。それに生きがいを感じていたし、そうやって生涯を終えるのだと思っていた。

自分は普通の人生を歩んでいくのだと。

だが、竜の呪いを受けて、また違った道を考えなければならなくなる。

魔力吸収体質を持つ女性を見つけて、性交渉をして定期的に溢《あふ》れ出る魔力を吸収してもらうしかないと魔術師団長に言われたとき、「そうか」とそれだけが頭に浮かんだ。

じゃあ、選定に入ろうと言われ、その結果を待っていたときも「どんな人が選ばれるのだろうか」とぼんやりと考えていた。

アガサ・シューリスの名前は、魔術師団長に聞くまで知らなかった。

事前に身辺調査は済ませていたので、実家が没落していること、それでも自分の力で生きていこうと魔法省で働いていることは知っていた。

書類上の彼女の印象は苦労人、努力の人。

ローガンは求められるがままに騎士団長になった。実力は認められたものであったが、その地位は約束されたものでもある。

だが、アガサは違う。

自らの力で道を切り開いた。

尊敬にも値する行為だ。

アガサという女性に俄然興味を持つことになる。

そんな女性と夫婦になれるのは光栄なことだと。

実際に会うことになり、期待に胸を膨らませた。

一緒に到着を待つヨゼフに「少しは落ち着け」と呆れられるくらいには、舞い上がっていたのだ。

だから、あのとき勢い余って出会い頭にプロポーズをしていた。

アガサを見たときに、最初に印象に残ったのは強い眼差《まなざ》しだった。水色の瞳がこちらを見て、ローガンを貫く。

思っていた通りの女性が現れて嬉しかった。

いや、それ以上だったかもしれない。

実際に会って話したアガサは、苦労人や努力の人などの言葉では括れないほどに強《したた》かで、そして現実を見据えた聡明《そうめい》な女性だった。

大義のために動き出せる人。

でも、どこか犠牲的で自分を大切にしようとしない、健気《けなげ》な女性。

アガサの言葉ひとつひとつが現実的で、地に足がついたもので、結婚に少し浮き足立つローガンの心を直撃する。

だが、それが嫌なわけではない。

むしろ考えさせられてしまう。

ローガンは貴族の慣習に従いしっかりと手順を踏もうとしていた。それがアガサに対しての礼儀でもあるし、そうしてしかるべきだと信じて疑わない。

きっとアガサも貴族令嬢なのだ、同じように望んでいると。

ところが、彼女はそんな余計なものは省いてもいいと言う。

しかも結婚に希望も持っていないのだと。

聞くに実家が没落したことで苦労ばかりか、心を痛めるできごとがあったのだとか。

ときおり令嬢を弄ぶ不逞《ふてい》な輩《やから》を見つけたときは、令嬢を助けたり男たちを諌めたりするが、アガサもその被害に遭っていたとは。

無事だったようだが、それでも自分が助けてやりたかったと悔やむ。

彼女の意見は尊重するが、それが彼女を取り巻く悲劇から導き出された答えなのだと思うと悲しい。

少しくらい夢や希望を持ってもいいのではないかと、平然とした顔をしてああ言い切ったアガサの顔を思い浮かべては寂しくなった。

「俺は結婚するのであれば、ちゃんと結婚式も挙げたいし夫婦として仲も深めていきたい。もちろん呪いが解けたからといって離縁する気もない。だがアガサ嬢は、それらは全部必要ないと言うんだ。国と俺の命を救えれば自分の幸せなど二の次かのように言う」

おそらく、ローガンが一番引っかかったのはそこだ。

もっともっと、自分の幸せを考えてくれてもいいのにと言おうと思ったのだが、巻き込んだ身で言える言葉なのかと迷ってしまったのだ。

「アガサ嬢はその身を犠牲にして俺を助けようとしてくれている。ならば、彼女の望みを叶《かな》えてしかるべきだろう。だが、本当にすべてを呑んで契約関係に徹してしまっていいのか悩むんだ」

「何だ、お前たち、なかなか面白いことになっているな」

面白くもなんともない、真面目に悩んでいるんだと文句を言うと、「分かった」と軽くあしらわれた。

それでも話を真面目に聞いてくれるのが、ヨゼフという人間なのだが。

「つまりお前はアガサに負い目を感じて遠慮してしまっているわけだ」

「負い目と言うか、彼女がその方が幸せだと感じているのであれば、そうした方がいいのかもしれないと思っているんだが……」

「でも、納得できない、と」

ローガンは静かに頷いた。

「アガサ嬢は俺との未来を見ない。俺の幸せの上に自分がいないものだと思っている。俺はアガサ嬢との未来を考え、幸せもその上に成り立っていくものだと信じているし、そうしたいとも思っているんだが……」

ああしたいとかこうしたいとか、そういったものを語るには、この先に同じものが待っていると確信しているからだ。

ともに歩む未来があると信じているから。

「……そうか。俺はきっとアガサ嬢が俺との未来を見てくれないことに、寂しさを覚えているのかもしれないな」

成り行きで結婚することになったとはいえ、自分の手で道を切り開こうとしている女性の伴侶になれることに、期待を持っていたのかもしれない。光栄とすら思っていた。

胸を膨らませて彼女にプロポーズをして、仲を深めたいと会いに行けば、彼女は酷く冷静で、ローガンとの関係を契約上のもの以上にすることを望んでいなかったのだ。

「俺は身体だけの繋がりがどんなものか、具体的には分からない。ただ書類上だけ夫婦にして、用が終わればおしまいにすればいいと言われたとき、寂しさを感じた。あぁ……心が繋がれないというのは、こういう寂しさを感じてしまうものなのだな、と」

もどかしさや、悔しさすら覚えた。

「……もしかして俺は振られたようなものなのか？」

ハッとその可能性に気付き、またさらに落ち込んだ。

すると、ヨゼフは「ふはっ」と吹き出す。

「お前、覚えているか？　私と初めて出会ったとき、私はお前を気に入らなかった。従兄だが友だちになれないと言ったら、納得がいかないと食い下がっただろう」

「覚えている。本当に納得がいかなかったんだ」

「それで毎日私のところにやってきては、友達に相応《ふさわ》しいと分からせてやると無理やり遊びに誘ってきたんだぞ？　そのしつこさたるや、舌を巻くくらいだ」

そこまで言われるほどしつこくしたつもりはなかったが、結果こんなことを相談できるほどに仲良くなれたのだから、ローガンの目に狂いはなかったはずだ。

「なのに、アガサ嬢に対しては弱腰なのか？　おかしな話だな、ローガン」

「ヨゼフとアガサ嬢とではまったく違うだろう」

「そうか？　お前はどんな相手に対しても遠慮を知らない人間だと思っていたのだがな」

肝心なときに遠慮をして諦めて、欲しいものを手離してしまうのかと、ヨゼフは意地悪そうに問いかけてきた。

「お前の諦めの悪さはかなり煩わしいが、一方で長所でもある。仕事に対しても人間関係に対しても、今までそれをいい方向へと作用させてきた」

これまでさんざんヨゼフに「お前のしつこさは短所と長所だ」と言われて嫌味だと思っていたが一応いつも褒められていたのかと気付く。

「あとはどれだけお前がアガサに信用してもらえるかってことじゃないか？　警戒心が強いようだから、なかなか難しいかもしれないがな」

「信用というのは、得難い宝だ」

特にアガサの場合は不信気味だ。

一筋縄ではいかないのは容易に想像ができた。

それでも挑戦してみる価値があると思っている。

少し時間を置いて、また話し合ってみるかと考えていたところで、ローガンは自分の異変に気付く。

目の前がチカチカとし始め、頭が重苦しくなっていた。痛みも多少感じる。

「どうした、ローガン」

頭を手で押さえるローガンを見て、ヨゼフは怪訝《けげん》そうに眉を顰《ひそ》めた。今出ている症状を口にすると、彼はサッと顔色を変える。

「お前、魔力が溢れてきているんじゃないか？」

そう言われて、心当たりがあったローガンはハッとした。

たしかに体内の魔力が膨大になってくると、体調に影響を及ぼし始めると魔術師団長から説明を受けていた。

眩暈《めまい》や頭痛、吐き気に発熱。

徐々に溢れ出る魔力の制御が利かなくなって暴走し、魔力の塊がまるで砲弾のように周りを攻撃し始めるようになると。

そうなる前に魔力を吸収してもらう必要があるだろうと言われたのだ。

魔力暴走に至るまでにはまだ時間がかかるだろう。少なくとも二か月は猶予があると見てもいいと魔術師団長は言っていたが、その予測は外れてしまったようだ。

予測よりも竜の呪いが強力なものなのか、それとも他の要因で魔力が溢れやすくなっているのか。

今は定期的に魔法を使うことで内なる魔力を少しずつ消費し、溢れないように調整しているが、間に合っていないようだ。

「説得する云々《うんぬん》の前に、まずはアガサ嬢に魔力を吸収してもらわなければならないな」

つまりは、今すぐにでもアガサと性的な接触をしなければならないということで……。

魔力過多のせいだろうか。

身体が熱くなってきたような気がする。

◇◇◇

お昼の鐘が鳴り、いつものように庭で昼食を取ろうと廊下に出る。

今日もまたローガンがやってくるのだろうか。

約束はしていないが、昨日の話の続きができればいいのだけれど、と考えていたときだった。

「アガサ・シューリス様。至急国王陛下がお呼びです」

ヨゼフの使者がサッと目の前にやってきて、急いでついてきてほしいと言ってきたのだ。

何の用事なのかと聞いても、「お答えできません」と言うだけ。ただ「緊急事態なので急いでください」としか言われない。

何かがあったとしか思えない。

不安に胸を締め付けながら、案内された部屋に入る。

すると、アガサが想像していた光景とは違うものが目に飛び込んできた。

深刻な顔をしたヨゼフが出迎え、「こちらに来てくれ」と急《せ》かしてくる。

さらに奥の部屋に進むと、そこには長椅子に横たわっているローガンと魔術師団長のバートランドがいた。

「……ローガン団長？　……どうされたのですか」

何かの話し合いのために呼ばれたのではないと、物々しい雰囲気で分かる。

それどころか、ローガンの身に何かが起こっているのだと分かり、背中にヒヤリと冷たい汗が落ちた。

「アガサ・シューリス君。今は挨拶を省くが、手を貸してほしい。さっそく君の出番だ」

淡々としたバートランドの言葉に緊張が走る。

「私の予想よりも遥《はる》かに早くローガン団長の魔力が溢れ出てきている。その影響で、今彼は動けずに臥《ふ》せっている状態だ。このままでは魔力が周囲を攻撃し始める」

そうなる前に溢れ出た分の魔力を吸い取ってほしい。

バートランドにお願いをされて、アガサは息を呑んだ。

「……今ここで性交渉をしろと？」

（こ、こんな急に言われても心の準備が……っ）

いつかはあることだと分かっていても、それは初夜のときだと思っていた。

ローガンはまだ暴走までは猶予があると言っていたし、でき得る限り魔力を消費して溢れないように調整すると聞いていたのだ。

結婚は急ぐが、明日明後日の話ではない。だから、アガサもそれまでに心の準備を済ませておけばいいと考えていたのに。

「いや、そこまでしなくてもいい。この程度ならば口から吸うくらいで事足りる」

「……口から吸うとは……具体的にはどのように……？」

何となくやり方は分かるような気がするが、念のために確認をしておかなければ。

「有り体に言えばキスだな。キスは分かるだろう？」

「わ、分かります」

なるほど、やはり頭に思い浮かべた方法でよかったらしい。

ちらりとローガンの唇を盗み見て、これから自分がどんなことをするか想像した。

なかなか刺激的だ。

恥ずかしさに頰《ほお》が赤くなりそうなのをどうにか治めて、アガサは顔を引き締めた。

「それで、ローガン団長からどれほど魔力を吸い込めばいいのでしょうか」

「彼の症状が治まるまでだな」

眩暈、視界の明滅、発熱。それらが軽減するまではキスをする必要があるらしい。

「案ずるな。君の吸収体質は素晴らしい。一度私が検査をしに握手を求めたとき、驚くほどの吸引力を見せた。誇ってもいい」

バートランドの目が輝いているのは気のせいではないのだろう。

グッと親指を突き立てられてお墨付きをもらったが、魔力に関しては素人のアガサは彼の指示に従うしかなかった。

「では、我々は部屋の外で待機しているから、しっかり頼むよ」

ヨゼフはそう言われて、アガサの緊張は一気に高まる。

パタンと扉が閉まる音は、覚悟を決めろと突き付けられたような気がした。

「……すまない……アガサ嬢……」

「ローガン団長、大丈夫ですか？　辛いならしゃべらなくても……あぁ！　起き上がらないでください！　どうかそのままで！」

無理やり上体を起こそうとするローガンを、アガサは慌てて制止する。

顔色も悪く、見るからに体調が悪そうだ。無理をしてほしくない。

肩を押して彼を再び横たわらせると、顔を覗き込んだ。

「君に急いだほうがいいと言われた矢先だと言うのにな」

「バートランド団長でさえも予測できなかった事態です。致し方ありません」

するると、ローガンは申し訳なさそうな顔をして微笑んでくる。

「俺の魔力を吸収しても、君の身体には影響がないそうだ。吸収された魔力は瞬時に君の身体の中で打ち消されてしまう体質らしい。だから安心してくれ。危険はない」

「教えてくださり、ありがとうございます」

事前にアガサへの影響を調べてくれていたようだ。

こんなときまで自分のことよりアガサを案じてくれている。

どんなときでも揺るぎない彼の優しさに、胸を打たれた。

「これから、私の方からキスさせていただきます」

「あぁ、よろしく頼む」

「症状が改善されたら教えてください」

「分かった」

「それと……」

そう言いかけて、口籠もる。

どうした？　と視線で投げかけてくるローガンの顔を見ていられずに、アガサは視線を横に逸《そ》らした。

「……正直に言ってしまいますが、キスというものは初めてでして。だから、上手くできなかったらすみません……」

さすがに恥ずかしさを誤魔化《ごまか》せなくて、頬が赤らんだ。

「俺も正直に言ってしまうが、今の君の照れた顔、凄く可愛いと思ってしまった」

「……え……な、なに、をっ」

「耳やうなじまで真っ赤に染めているのが可愛い。すまない、こんなときに。でも、どうしてか言いたくなった」

こんな緊迫した状況のときに悠長な。そう普通なら諫めるところだが、驚きのあまり言葉にできない。

「あと、俺もキスは初めてだ。正解が分からない者同士、手探りでやってみよう」

「……はい」

(初めて……同士……)

ローガンの言葉に、少し安堵《あんど》を覚えた。

彼の唇を見下ろし、自分の唇を重ねる姿を想像する。

覆いかぶさるような体勢がいいのか、それとも横から重なる感じがいいのか。どうすれば上手くできるのかを考えあぐね、手を彷徨《さまよ》わせた。

「君がよければ、手を握っても？　俺が導きたい」

そんなアガサを見かねてか、ローガンがこんな格好だが少しは協力したいと申し出てくれる。

助かったと安堵した。

正直なところを言ってしまえば、何をどうしていいか分からず、あと少しでパニック状態になってしまうところだった。

「よろしくお願い致します」

頭を下げて協力を願うと、さっそく右手を握られた。

ローガンのもう片方の手はアガサの背中に回り、「顔を近づけて」とかすれた声で囁《ささや》かれる。

彼も緊張しているのかもしれない。

近づく吐息の熱さがアガサの体温を上げ、心の温度をも引き上げていく。

こういうことを、いやこれ以上のことを、ローガンと結婚すれば毎日のようにすることになるのだ、怖じ気づいていられない。

そう思うのに、震えてしまう。

唇も、手も。

「怖いよな。……でも、大丈夫だ」

唇が触れる寸前で、ローガンが言葉をくれる。

おかげで震えが止まり、アガサの心から恐れが消《き》え失せた。

そして、ローガンが顔を持ち上げ、唇に触れてきた。

「……んっ」

彼の唇は柔らかくて、熱くて。

重ねるだけのキスは、こんなにも優しくて。

契約だけの関係になるからと交流を拒んだ。

話をしなければローガンのことは分からずにすむと思った。

けれども、キスひとつで他の人たちが知り得ないことをいくつも知ってしまった。

「……唇、少し開けられるか？　その方が吸い取りやすい」

ローガンの言う通りにすると、彼は顔を傾けて、今度はぴったりと合わさるような形で唇を重ねてきた。

吐息すらも食《は》まれてしまうと思えるくらいの、深い繋がり。

なるほど、アガサがローガンの魔力をこのように食らうようなイメージかと納得し、吸い終わるのをこのままの体勢で待とうとしていた。

ところが、しばらくするとローガンがアガサの唇を啄《ついば》んできた。

ちゅ、ちゅ、と音を立てて、まるで愛《め》でるように弄ぶのだ。

（……なに、これ）

何か、卑猥《ひわい》だ。

音がいかにもキスしていますと言わんばかりのものだからだろうか、それともローガンの唇の動きがアガサを翻弄するようなものだからだろうか。

もしかすると、背中に回されていたはずの彼の手が、アガサの耳の後ろに移動して優しく髪

の毛を撫《な》でつけているからかもしれない。

いずれにしても、ただ魔力を吸うだけの行為にしては余計なことが多すぎた。多すぎて注意をしたい。

けれども、身体が熱を帯びてきて、頭の中が痺《しび》れるような感覚に襲われて上手く言葉が出てこない。もうアガサのすべてが蕩《とろ》けそうになっている。

ドキドキも止まらず、胸もいっぱいになって、何かがアガサを突き上げようとしているのを感じていた。

「……だん、ちょ……ンっ……ぁ……まだ、ですか……？」

「もう少し」

また角度を変えてキスをされる。

もっともっとと強請《ねだ》るように、急かすように。

焦れたようにローガンはアガサの口内に舌を差し込み、もっと濃密な繋がりを欲し始めた。

肉厚のにゅるにゅるとした舌が、アガサの上顎を擦り上げる。

「……ふぅ……ンんっ」

その瞬間、腰に響くような快楽が流れてきて、思わずローガンの肩を叩いた。

（な、なんて声を……！）

恥ずかしさのあまり、これを一旦中断したいと何度も叩くも、ローガンはまるで弱点を見つけたとでもいうように、執拗《しつよう》にそこを舐《ねぶ》ってきた。

「……んっ……ぅあっ……んぁ……ま、って……これ……あンんぅ……っ！」

先ほど感じたゾクゾクが、次から次へと襲ってくる。

ビクビクと腰が震え、甘い声も漏れ出てきて、今のアガサは酷い醜態を晒《さら》してしまっているのだろう。

こんな姿、ローガンに見せたくない。

けれども、そうさせているのはローガン本人だ。

さらにはまだまだと強請るように動く舌は意地悪で、でも宥《なだ》めるように握る手を擦る指先は優しくて。

やめてほしいけれど、惜しい気持ちもあって。

「……だん……ちょぉ……」

どうしていいか分からず、助けを求めて彼に縋《すが》った。

すると、ようやくローガンは唇を離してくれる。

熱の籠もった吐息を漏らし、燻《くすぶ》る熱を互いに感じながらアガサの潤んだ瞳を覗き込んできた。

「……すまない。なかなか止めどきが分からなくて……怖い思いをさせてしまった」

怖くはなかった。ただ戸惑っていただけで、嫌だとかそういうものはない。

アガサは首を横に振り、大丈夫だと伝える。

「だが、身体が楽になった。本当にありがとう。君の身体は大丈夫か？　何も問題ない？」

心はもうぐちゃぐちゃだけれども、身体の方は何か魔力の影響を受けた気配はなさそうだ。

問題ないと今度は首を縦に振った。

「……そうか……それはよかった。……だが、本当に、すまない……いろいろと……その、途中でやめてやれなくて……」

「いえ。だって、それほどまでに魔力を吸い取るのに時間がかかったということでしょう？」

それならば、途中でやめる必要はなかっただろう。

むしろ、こちらこそ途中で弱音を吐くような真似《まね》をして申し訳なかったと謝る。

するとローガンは、眉根をきゅっと寄せて、苦しそうな顔をした。

「君が謝ることなど何ひとつない。俺の方こそ、謝ることがたくさんある」

「そんな、ローガン団長が謝ることなど何ひとつありませんよ」

負い目など感じなくてもいいのに。これは契約で、アガサにも利益があるからしていることだ。

それに、ローガンの役に立てるのであれば、何だってすると心に誓っている。だから、苦しいときや困っているときはすぐに呼んでほしい。

今回だって呼んでもらえてよかった。

ローガンに会ったらどう接しようとグダグダと悩んでいたが、今はもうそんなことは頭の中から吹き飛んでしまった。

ただただ、彼を助けられたのが嬉しい。

「こんな格好で申し訳ないのだが、この間の話の続きをしてもいいだろうか」

「はい。私も話がしたいと思っていたところでした」

実際に魔力暴走の場面に遭ったからこそ、改めて話せることがあるだろう。

アガサは大きく頷いた。

「こんなことになって、君が何を危惧していたのか、とてもよく分かった。身に染みたし、俺はきっとこれから君に生かされていく。もう、君なしではいられない身体になってしまった」

「いつか呪いは解けます。バートランド団長もそのために尽力してくださってますでしょうから、もう少しの辛抱ですよ」

と、言葉では平然なふりをしてみせるが、内心は心臓がうるさいくらいに早鐘を打っていた。

ローガンはそのままの意味で言っているのだと分かっている。アガサが魔力を吸わなければ死んでしまうのだから。

けれども、「君なしではいられない身体になった」なんて一見情熱的に思える言葉に動揺してしまったのだ。

「たしかに、君の言う通り、結婚は急いだほうがいいようだ。いつでも対処できるように環境を整えた方がいいだろう」

「はい」

「だが、結婚式はする」

「はい?」

思わず聞き返していた。

そこまで準備をかける暇はないから省いてしまおうという話ではなかったのだろうか。

貴族の結婚の準備は、一年はかけるものだ。だからこそ省略しようと提案したのだが、それは伝わらなかったのだろうか。

戸惑いの目を向けると、ローガンは「大丈夫だ」と言う。

「準備に時間はかけない。簡易的に、教会で誓いを立てるだけのものになる。ドレスは希望に添えるか分からないし、招待客も多くはないだろう。でも、俺は君と結婚式をしたい」

ローガンはアガサの手を取り、ぎゅっと握り締めてきた。

「誓いたいんだ。神に、君のご家族に、親しい人たちに。君を妻として大切にすると」

「ですが、契約が終われば……」

「終わっても別れない。別れたくない」

躊躇《ためら》いもなくそう口にするローガンは本気なのだろう。

一切の曇りもないその瞳は、真っ直ぐにアガサを見つめる。揺るぎない意志を持って、確信めいた言葉で言い切った。

「俺は君と歩む未来を見たい。せっかく夫婦になったんだ。最初から終わりを見るのではなく、一緒に始まりを見てほしい。ともに本当の夫婦になることを考えてほしいんだ」

「私と本当の意味で夫婦になるおつもりですか？」

「ああ、そうだ。朝起きて最初に君に挨拶をして、夜寝る前に君に挨拶をする。一緒に食事をして他愛《たあい》のない話をしたいし、真面目な話もしたい。社交界では皆にも君を俺の妻だと紹介して歩くし、そうだ、デートにも行こう。馬に乗って遠出でも町に買い物でも、それに旅行も……」

「わ、分かりました！　十分です！」

ふたりでしたいことが次から次へと出てきそうな勢いに、アガサは一旦待ったをかけた。

（……本当に私とそんなことをしたいと望んでいるの？）

そんな、まるで仲睦まじい夫婦のようなことを。

「俺たちの間に愛が生まれるか分からない。だが、分からないということは未知数ということだろう？　どんな可能性も秘めている。それこそ無限大に。違うか？」

「……そうとも言えます」

「たくさんの可能性があるのであれば、最初から選択肢を狭める必要はないはずだ」

「たしかに……その通りです……ね」

正論だ。

アガサの提案は効率的ではあるが、一方で選択肢を狭めるものだと言われて納得してしまった。

効率を求めるアガサと、可能性を信じたいローガン。

正反対のふたりだが、不思議とローガンの言葉がスッと胸の中に響いていく。

「君に考えてくれと言われて考えたが、やはり俺の中に浮かんできたのは、『寂しい』という思いだった。君と終わりがある関係を築きたくない。君と夫婦になりたい」

乞うように、願うように。

ローガンの優しい言葉が、アガサの心を揺さぶる。

「ヨゼフ……国王陛下に言われたんだ。お前の長所であり短所でもあるのは、しつこさだと。だから、俺はそれを大いに使いたいと思う」

そして大胆に、強引に。

互いを知りたいと迫るのだ。

「君を説得してみたいと思う」

「……あの、団長……?」

「君の信頼を得たい」

「その、私は……」

「先ほども言ったが、君の照れた顔、凄く可愛かった。他の顔もきっと可愛いと思うしそうに違いない。アガサ、君を知って君のいろんな顔を見たい。可愛いところをもっと見せてほしい」

ローガンの顔が近づいてくる。

アガサは退いてそれから逃げる。

徐々に後ろに身体が傾いていった。

「俺のことを知ってほしい。しつこい人間ではあるが、悪い人間ではない。それに嘘《うそ》を言う人間でもない。正直者だとよく言われるし、君にも正直でいると誓う。あとはそうだな……剣の腕と、魔法を組み合わせての戦闘が得意だ」

自分の長所を並び立て、アガサに売り込んでくる。

尻込みをするアガサを追いかけ、もっともっと知ってほしいと目を輝かせて。

仰《の》け反り過ぎて、とうとう身体が後ろにひっくり返りそうになる。倒れ込んでしまう前に、ローガンが逞《たくま》しい腕で抱き留めてくれた。

「俺を試してくれ、アガサ。信頼に足る男かどうか。君の評価は何だって受け入れる」

「……試すなんて、そんな畏れ多いこと」

「いいや、君は試すべきだ。呑み込んできた言葉の数々を俺にぶつけてきてくれ。俺を知ってほしいと願うと同時に、君の本心も知りたいんだ」

信頼は、上辺だけでは築けない。

自分を曝《さら》け出し、相手を許し、そして受け入れる。そこから始まるのだから。

「君に拒まれても俺は追いかける。嫌なら嫌と言ってくれ。そうしたら、俺は君が嫌がるところを改善して、また追いかける。そしていつか俺を受け入れてほしい」

だから逃げるアガサを捕まえて、ふたりで話し合って、ふたりの関係を探って。

そうやっていつしか形だけの夫婦ではなくなる日を待ちたいと、ローガンは語るのだ。

「だからどうだろう。まずは君の言う通り結婚式は一か月のうちに執り行い、結婚する。夫婦になったら俺と関係をつくっていこう。これで互いの意見を取り入れた折衷案になったと思うが」

「……そうですが……」

「そんなに拒否されると不安になるな。もしかして、俺のことが嫌いか？」

「いえ！　そんなことはありません。ただ……自分の心の整理がついていないと申しますか」

ここまで言ってくれることに喜びを覚えながら、本当にこの甘い言葉にどうこたえていいか分からない。

慣れていないのだ、この手のことに。男性にこんなに優しい言葉をかけられて、求められることに。

「なら、アガサ、どうか……」

「あの～……そろそろいいかな？　それとも、もしかしてかなり盛り上がっているのかなあ?」

ローガンがアガサの頬に触れ、目を細めたそのとき、部屋の扉が遠慮がちに開いてヨゼフの声が聞こえてきた。

様子を探る声は、アガサとローガンがキス以上のことをしていないかと心配するものだろう。

アガサはすかさずピシッと背筋を伸ばし、ローガンの手を跳ねのけた。

「だ、大丈夫です! つつがなくローガン団長の魔力を吸い終わりました! 本当にそれしかしておりませんので!」

焦りながら答えると、扉の向こうからにやけ顔のヨゼフがやってきた。バートランドも続いて部屋に入ってくる。

「まずは成功おめでとう。たしかにローガン団長の体調も回復したようだ」

ローガンの顔を見るなりそう判断し、うんうんと頷いていた。

ふたりの反応に居た堪れなくなり、アガサは腕で顔を隠す。きっと真っ赤になってみっともない顔をしていることだろう。それこそ見せられない。

ところが、ローガンがそんなアガサを抱き寄せて頭を自分の胸に軽く押しつけてきた。

さらに密着することになり、いったいどうしたのかと焦りを覚える。

「アガサのおかげでもうすっかりよくなった」

「それは何より。なら、これからも毎日魔力を吸い取ってくれ」

「ま、毎日⁉」

聞き捨てならない言葉が聞こえてきて、アガサはローガンの腕の中で叫ぶ。

まさかこれから毎日キスをしろというのか。今回だけでも胸がいっぱいになって大変だったのに、それを毎日味わえとは。

「こうなったからには予防策は必要だろう。魔力を吸収し、暴走しないように食い止めてくれ。いずれ結婚するのだから早いか遅いかだろう。毎日くっついてイチャイチャしてくれ」

貴族のしきたりやらなんやらがなければもっと話が早かったのにな、と煩わしそうな顔で言うバートランドに言葉を失ってしまった。

「なるほど。ならば、毎日のように俺とイチャイチャしなければならないな、アガサ」

「そ、それは」

「俺と毎日会ってくれるだろう？」

そうしなければならないと分かっているけれど。でもイチャイチャは……と戸惑いの目を向けると、ローガンはにこりと微笑む。

「明日また、お昼に。先日と同じ場所でいいかな？　それとも人目の届かない部屋を用意しようか」

「……部屋の用意をお願い致します」

アガサが折れるしかなかった。

もう少しこの部屋を使ってもいいので今後のことを話し合うといい。

ヨゼフが気遣って、バートランドを伴って部屋から出ていく。

再びふたりきりになると、アガサは身じろぎをしてローガンの腕の中から逃れようとした。

「どうした？」

暴れるアガサを不思議そうな目で見つめてくるが、どうしたではない。

「ど、どうしてお二方の前で抱きしめてきたのですか……」

あれではあらぬ勘違いを生むと抗議する。

「先ほど言っただろう？　君の照れている顔が可愛らしいと。あのままではあのふたりにその顔を見られてしまうと思ったから、咄嗟《とっさ》に隠したんだ。見せたくない」

「な！　なんですか、その理由は！」

可愛いだの、見せたくないだのと揶揄《からか》っているのだろうか。

そもそも、アガサは可愛らしさとは縁遠い性格をしているし、今だって着ている服は地味な色のドレスだ。愛嬌《あいきょう》がある方ではないと自負しており、口調だって皆から厳しいと言われたことはあっても、可愛いと言われたことはなかった。

ただ顔を真っ赤にしているだけでそこまで言われるとは、お世辞にしても過ぎないだろうか。

「……ローガン団長……私にそういうのは必要ありません……その……お世辞とか言っていただかなくても……大丈夫、です」

「お世辞ではない。君にはいつでも正直でいると言っただろう？　だからこれは俺の本心、率直な言葉。あとは、君の照れた顔をもっと見たくて言っているのもある」

楽しそうに笑う彼を見て、アガサはいよいよ離れようと手を突き、彼の身体を押し返した。

「結構です！　本当に結構ですから！　もしもそう思ったとしても、お心の中に収めてください！」

「俺を知ってもらうためには、どんどんと口に出さなければ」

強引に引き留められるかと思いきや、ローガンはゆっくりと手を離し解放してくれた。

ようやく床に足を着けられ、そそくさと部屋の端まで逃げる。

「私は、これで失礼致します。仕事がありますので」

スカートを整え直し、乱れたジャケットの襟も正す。

身だしなみを直しながら、先ほどまで自分がどれほど乱れたことをしていたのかを実感してしまった。

「――アガサ、君が俺の結婚相手でよかった」

彼も身体を起こし、長椅子に腰掛ける。

指を組み、膝に肘を置くと、こちらを真っ直ぐに見据えてきた。

またローガンの真っ直ぐな言葉に照れたが、アガサも遠慮がちであるがそれに応えようと俯きがちになりながら、どうにかこうにか言葉を絞る。

「……私も、選んでいただけて……光栄に思っております」

精一杯の気持ちを残し、アガサは部屋を去った。

ローガンという人は、噂や遠くから見ていたときの印象とは随分と違う。

あんなにも強引で、あんなにも素直な人だとは。

ただ優しい人格者で、立派な人物というだけではない。

人間臭くて、人情味溢れていて、そして誠実で実直な人。

突拍子もないことを言ったり、諦めの悪さには驚いたけれど、けれども嫌悪感は一切ない。

彼の意外性に驚いただけで、それが嫌だとは思えなかった。

明日から、毎日会う。

会うだけではなく、キスをして、本来求められていた役割を果たすのだ。

(……あんな、なんか、卑猥なものを毎日っ)

キスは、親愛の証《あかし》。

唇と唇を重ねるだけの、軽い触れ合いだとばかり思っていた。

ところが、今日味わったキスはどうだ。

触れ合いどころか、口の中を蹂躙《じゅうりん》する勢いで弄《まさぐ》られていた。

変な声が漏れたし、身体も熱くなっておかしくなった。気持ちいいとさえ思えるほどに、ローガンのキスは卑猥だ。

（あれをこれから毎日とか……っ）

心が持つのだろうか。

結婚したら、さらにはもっと深いところまで自分を曝け出すことになるのだろう。

それは義務だからとか、使命感に駆られた故の行為だからと割り切ることもできる。

けれども、ローガンが心も求めた上での行為だと思ったら、意識してしまう。

このキスは命を救うためだけではなく、もっと別の意味合いを持ったものになるのではと。

（好きとか愛とか、どういうものかはよく分からないけれど……つまりローガン団長とそういう関係になることもありえるということよね）

想像がつかない。

あのローガンが自分を好きになってくれる未来など。

顔の火照りがなかなか引かず、アガサはひと気のない場所でしゃがみこむ。

ローガンとのキスを思い浮かべるたびに体温が上がってしまうので、なかなか職場に戻れず時間がかかってしまった。


翌日の朝、家を出ると玄関先にローガンの使者が立っていた。

差し出された手紙はローガンからのもので、今日の待ち合わせ場所が記載されている。ちゃんと部屋を用意してくれたようだ。

あれから魔力の方は安定しているのだろうか。

今日はどのくらいの時間キスを要するのか。

彼の唇の熱さを思い出して火照る頬を手で仰いで冷まし、手紙を鞄《かばん》の中に仕舞って官舎へと向かって歩き出す。

午前中は変に意識しないように仕事に集中していたので平気だったが、昼休憩に入った瞬間にバクバクと心臓が大きな音を立てて高鳴った。

誰にも見つからないように城に赴き、待ち合わせ場所を目指す。

先にローガンがやってきていて、軽く手を挙げてアガサに挨拶をしてくれた。

「どうして食事が用意されているのですか?」

用意された部屋に入ると、まず目についたのはテーブルの上に用意されていた食事だった。

バケットサンドに飲み物、林檎《りんご》にオレンジと軽くつまめるものが中心だが、ふたり分用意されている。普通に考えれば、ローガンとアガサのものだろう。

「君が差し支えなければ、昼休憩の間はずっと一緒にいたいと思ってな。バートランドもなるべくたくさんイチャイチャしていてくれと言っていただろう? だから、食事を一緒にとりながらイチャイチャすれば、時間をめいっぱい使えるはずだ」

名案だろう? と得意げに言ってくるが、キスだけでは終わらせないぞといったローガンの気概のようなものを感じてしまう。

本当に文字通りイチャイチャするつもりでここまで用意したのだろう。

目的が目的なだけに仕方がないかと思い直す。

「体調の方はいかがですか？　あれから魔力が溢れたりは」

「昨日よりはいい。だが、若干目の前がチカチカしているので、そろそろ溢れてくるかもしれない」

やはりバートランドの言った通り、一日一回は吸い取る必要があるようだ。

「では、まずは溢れそうになっている魔力をどうにかしましょうか」

と、言ったものの、どこでどうキスをすればいいのかとハタと考える。

昨日はローガンが長椅子に横たわってくれていたから上から覆いかぶさることにしたが、今日の彼はすこぶる元気だ。キスのために横たわってというのもおかしい。

（みんなどうやってキスをしているのかしら）

人間観察は好きでよくしているが、さすがに人様のキスシーンを見たことはない。

ううんと悩んでいると、ローガンがアガサの手を取り引っ張ってきた。

椅子にアガサを座らせて、彼は肘掛けに手をついて上体を屈めてくる。それにより、ローガンがアガサの顔を上から覗き込む形になった。

「今日は俺から君にキスをしたい」

「分かりました」

「それとバートランドが、多少ではあるが皮膚接触でも魔力を吸い取ることはできると言っていたから、手を繋いでいよう」

「なら、口から吸うのではなく、皮膚接触で吸うというのは……」

「多少は多少だ、アガサ。皮膚だけでは明日まで持たなくなってしまう」

効率の良さで考えれば唇から吸うよりないと、アガサの言葉に被《かぶ》せるように否定してきた。

互いの手と指を絡めて握り締め、もう片方の手はローガンの首の後ろに回された。彼にキスを強請っているような体勢になってしまい、気恥ずかしい。

彼のもう片方の手は、アガサの腰の付近に回された。

いよいよキスをするぞという体勢になり、思わずローガンの唇に注目してしまう。

縦皺《たてじわ》が美しい、少し厚めのそれ。

徐々に近づいてくるのを見つめていた。

「昨日キスをしたとき、君は何かを感じたか？」

「何か……と申しますと」

吐息が混じる距離、唇を動かすと触れる位置でローガンが昨日のことを聞いてきた。

これから重なり合って、啄まれて、舌を口内に差し込まれて舐られる。知っていることを頭の中に浮かべては覚悟を決めているというのに、ローガンが焦らしてくる。

あとちょっとの距離がもどかしい。

いっそのこと奪い取ってくれたらいいのに。

そう思うけれど、まだ慣れないこの行為にどこまで積極性を持っていいものなのか。昨日と違って緊急性もない。

できれば答える前に、この唇を塞いでほしい。

けれども、ローガンはアガサの答えを待っている。

答えを聞くまで動く気はないのだろう。

アガサは緊張で唾を呑《の》み込《こ》む。

「……緊張と、羞恥、貴方を助けられたという安堵と……キス、というものは、不思議な感覚がするものだと思いました」

その不思議な感覚の正体は分からない。

これから分かっていくのだろうか。

「俺も不思議だと思った。不思議で、でもどことなく幸せで、もっとしたいと思えた」

「幸せ……？」

「そうだ。悦《よろこ》びにも似ていた。もしよかったら、俺から魔力だけではなくこの幸せな気持ちも吸い取って、共有してほしい」

ちゅう……と唇を吸われた。

すぐに離れていって、熱さだけがそこに残る。

けれどもすぐに新たな熱を与えられる。

馴染《なじ》ませるように啄まれ、アガサの身体の緊張は徐々に解《ほぐ》れていった。

頭が熱でのぼせよく働かなくなってきた頃、ローガンは唇を離してこちらの顔をじっくりと見つめてくる。

「ほら、やっぱり可愛い。俺の好きな君の顔だ」

「……ン」

「もっと……もっと見せて……ほら」

舌を挿し込まれ、口内を弄られた。

歯や舌、そして上顎を舌で舐られ、アガサはローガンの思惑通り羞恥に頬を赤く染め、目を涙で潤ませる。

それを見てローガンは目元を和らげ、昨日アガサが過剰な反応を見せた上顎を何度も舌で擦ってきた。

ねっとりと、執拗に。

ざらざらとした感触が襲ってくるたびに、アガサは背筋に下りてくる快楽を必死にどこかに受け流そうとしていた。

下腹部が熱くなり、じくじくと疼《うず》く。

繋いだ手も優しく擦られ、アガサのすべてがローガンによって翻弄されていた。

魔力を奪っているのはこちらなのに、アガサの方がローガンに奪われている気がする。

理性を奪われ、逆に熱を与えられている、そんな気がするのだ。

不思議な感覚が大きくなり、アガサを支配していく。

これがローガンと同じ悦びに似た幸せというものかは分からない。

けれども、早く終わってほしいとは思えなかった。

「……もう……十分では……」

「ん？　……そうかもしれないな。でも、まだ放したくない……」

ローガンの甘いキスは、しばらく続いた。

(唇がジンジンする)

長い間吸われていたせいか、熱を持っている気がする。

まるでローガンの名残を残されたみたいだ。

「君は食べ物に関して特に好きも嫌いもないと言っていたので、俺の好きなものをバゲットに挟んできた。好きの共有というやつだ」

好きだと言っていたトマトと、そしてベーコンとチーズが挟まれたそれを差し出してきた。

「お茶は私が」

用意されたポットの中にお湯を入れ、蒸らしたあとにティーカップに注いでローガンの前に差し出した。

「ありがとう」

家では何でも自分でしなければならない生活だ、これくらいならばアガサにもできる。もちろん、城の給仕たちのように上手くはないだろうが。

けれどもローガンはお礼を言ってくれて、実際に飲んで「美味《おい》しい」と言ってくれた。たったそれだけだが、嬉しくなった。

バートランドに言われた通りに魔力を吸収しやすくするために、隣に並んでなるべく身体を密着させる。

肩と肩、膝と膝。接触している箇所を意識して身動きがしづらくなっていたが、致し方ない。

彼はアガサを自分の膝に乗せて食事を摂《と》ろうとしていたのだがさすがに断った。あれをするくらいならば、まだこの方がマシだ。

「この間は好きな食べ物の話をしただろう？　今日は互いの趣味の話をしよう」

互いを知るために話題提供といったところだろうか。

彼はこうやって積極的に話題を振ってくれるので、沈黙の時間というものがほとんどなく、ありがたいことに気まずい思いをすることがなかった。

「俺は剣を振るうのはもちろん好きだが、毎朝オレンジを絞ったジュースを作るのを楽しみにしている。オレンジを慎重に選んで、酸味と甘味《あまみ》が俺の好みのものか確かめる。当たればその日一日はいい気分から始まる。好みでなければ、次の日のオレンジを選ぶ目を厳しくする」

それと木彫り。

小さなナイフひとつで、アミュレットや動物の置物をつくるのが好きだと話してくれた。

何かに集中し、ひとつの物を作り上げるのが好きらしい。達成感を得やすく、空いた時間に少しずつ作り上げられていけるのがいいのだと。

「今朝のオレンジはいかがでしたか？」

「最高だった。だから今日はいいことがあると思っていたし、実際、今日はいい日だ」

彼の意味ありげな微笑みに、アガサはバゲットサンドを口に運ぶことで沈黙を守った。

「それで、君の趣味は？　何かあるのか？」

「お恥ずかしい話、これといっては。日中は仕事ですし、家に帰れば母の家事の手伝い、休日は弟の家庭教師をしておりますので、趣味を持てる時間がなくて……」

貧しい身の上話をしているようで嫌なのだが、これしか話せることがない。

本当のところは、時間があっても疲れ果てて眠っていることが多いのだ。

「昔はどうだった？　昔何かに夢中になったことは？」

昔、と聞かれて、アガサは頭の中でまだ父も一緒にいて、家族仲睦まじい姿を思い起こした。

あの頃はまだ家は没落しておらず、アガサも令嬢としての教育を受けていた。

いろんなことに挑戦していた。

友達や母がやっているのを見て、自分もしてみたいと強請ったものだ。

その中で特に夢中になったもの。

「刺繍《ししゅう》、でしょうか。たしか、昔は綺麗な花を刺繍でつくってみたくて、練習しておりました。ユリの花が好きで、いつか上手にできたものを父に贈ると約束をしていて……」

その約束は結局果たされなかった。

腕前は随分と上達して、最後に手掛けたユリの刺繍は上手くいっていて、ようやく父に贈ることができそうだと喜んでいて。

でも、その前に父の投資の失敗が知られることになった。

やりかけの刺繍は、あの夜会の日、泣きながら捨てたのを覚えている。

「きっと腕も鈍っていることでしょうね」

幸せとともに捨てたものを、拾い直すことはできなかった。

「なら、俺と結婚したらまた始めればいい。刺繍じゃなくてもいい、君のしたいことをしてほしい」

「……私のしたいこと……見つかりますでしょうか」

未来のことを考えると、途端に不安に襲われる。

今を生きるしかない。未来を見ては前に進めない。

そんな時期を過ごした後遺症は、なかなか拭えない。

「見つからなかったら、俺と一緒に朝のオレンジを選んでくれないか。どれが美味しいオレンジか、ふたりで見極めよう」

けれども、彷徨うアガサの手を、ローガンが引っ張り導いてくれる。

「もし、君がよければ、俺にユリの刺繍をくれないか。もらえたら、君に家族に認めてもらえた気がする」

家族になった証。

そう言われて、ドキリとする。

また渡すことなく、捨てることになったらと一瞬後ろ向きな考えが頭をよぎったのだ。

「俺からは木彫りの何かを贈ろう。双方向の約束なら、フェアだろう？」

アガサだけではなく、ローガンもまた家族である証をくれるという。

その約束は、胸の中にじんわりと滲《にじ》み出た不安を払拭してくれた。

「動物の置物とアミュレット、どちらがいい？」

「……アミュレットがいいです」

動物はよく分からないので、そちらを選んだ。

騎士団長のお守り、何よりも心強いものになるだろう。

「今日も君のことをまた知れた。刺繍が好き、ユリの花が好き、家族思いで、本当は御父上のことも大好きだった」

父のことを言われて、アガサは眉根をキュッと寄せた。

彼の言う通り、本当に好きだった。

尊敬もしていた。

仕事終わりの父を待ち構えて話すのも、休みのときに馬に乗って遠出をするのも、眠る前におやすみなさいと言うと、父が「おやすみ、私のお姫様」と言ってくれるのが大好きだった。

だからこそ、失望が大きかったのだ。

裏切られた気がして、夜会の日に父との思い出も憧れも尊敬も捨てた。

「……昔の話です」

「その昔の感情が、今の君を形づくった。君という人を知るうえで大事なことだ」

どんないい思い出も苦い思い出も、アガサがもう見たくないと目を逸らした過去も、ローガンは知りたいと願う。

それすらも尊いものだと。

アガサを象《かたど》る大切な一部だと認め、受け止め、そして未来を一緒に見ようと言ってくれるのだ。

「君は？　今日は俺について何を知った？　知ってどう思った？」

にこにこと期待を込めた目でこちらを見つめてくる。

アガサはそんな彼の瞳を見つめながら、正直な感想を口にした。

「ローガン団長は強引ですし、少し変……いえ、面白い思考の持ち主です。……ですが、私にないものを持っていらして、羨ましい気持ちが半分と考えさせられるのが半分」

彼を知れば知るたびに、人の好《よ》さが分かってしまう。

「今日も互いのことをたくさん知ったな」

これからもたくさん知っていこう。

彼の言葉に、アガサはゆっくりと頷いた。


結婚と退職の準備が進むにつれて、アガサとローガンは互いを深く知っていく。

毎日、少しずつ他愛のない話をしながら、急かさず、ゆっくりと。

ローガンはアガサを見ていないようでよく見ている。こちらが及び腰になるとすかさず引き、逆に乗り気になるとアガサの話に耳を傾けてきた。

駆け引きが上手だ。そしてアガサのために心を砕いてくれている。

魔力を吸うときもそう。

彼のキスは緩急があって、こちらの様子を見てはそれらを使い分けている。

ときおり暴走し、強引にキスを続けたり弄んだりするが、ローガンの嬉しそうな顔を見ていると文句も出てこなかった。

「君は、誰にでも弱いところを見せる人ではないだろう？　努めて平静に己を保とうとしている。それが崩れるときが、俺は好きなのかもしれない。俺に心を許してくれているような気がして……凄く好きだ」

彼のこの「好き」がどういう意味を含めているのかは分からない。

ただ単に好ましいという意味で使っているだけなのかもしれないし、意味すらないのかもしれない。

それでも、アガサの心はその言葉に揺さぶられる。

◇◇◇

「本日、魔法省を退職いたします。今までお世話になりました、スピーシーズ局長。後任にはしっかりと仕事を引き継ぎましたので、ご安心ください」

「……退職とはな。何だ、平民に紛れて働くのに、限界を感じたのか?」

退職をするその日にタイミングよくダスティンに呼び出されたアガサは、いつも通り彼の文句を聞き流したあと、最後の挨拶ついでに退職する旨を伝えた。

ダスティンのこめかみがヒクヒクと震えているのが見える。

「辞めてどうする。また夜会に繰り出して、相手探しか? あれから数年経《た》ってもお前の評判は変わらないぞ? 没落した家の令嬢。いや、平民に紛れて働く令嬢らしからぬ苦労人という肩書きも加わったか?」

少々早口なのは怒りからか。

口元に笑みを浮かべながらも、いつものような余裕が見えなかった。

「いいえ、結婚します」

「……結婚、だと？」

いよいよ焦燥感が表面化し、崩れてくる。

それでもアガサは構わず事実だけを述べた。

「はい。スピーシーズ局長がおっしゃったように誰かの愛人ではなく、後妻でもなく、普通に結婚いたします。そのための退職です。それでは失礼いたします」

口を開けたまま唖然《あぜん》とした顔をしたダスティンを横目に、アガサは彼の目の前から去っていく。

清々《すがすが》しい気分だ。

これまでなら、穏便にことを終わらそうと意趣返しをしようとも思わなかっただろう。何も言わずに退職だけを伝えて去っていたはず。

だが、結婚のことを言おうと思えたのは、ローガンとの結婚を義務ではなく自らの意志で決めたものだと思えるようになったからだ。

ローガンの伴侶になることを、誇りに思うから。

だから、胸を張って伝えることができた。

（……結婚……結婚……結婚、かぁ）

プロポーズされた日には曖昧だった『結婚』というものが明確になった、そんな気がした。

いよいよその日が近づいてきている。

あっという間の一か月だった。

本当にささやかな結婚式だが、ふたりは神の前で誓いを立て夫婦になる。

初めにローガンにプロポーズされたときよりも、結婚という言葉に現実味を持てるようになった。

契約結婚だけれども、それでもきっと契約以上の関係をローガンと築き上げられる。

そんな予感を抱えて、アガサは魔法省をあとにした。

第二章

『毎日口から吸っているとしてももう限界だ。初夜はローガン団長から魔力を搾るだけ搾り取れ』

結婚式前に、ローガンの健康状態をチェックしにきたバートランドがくれた手紙に書いてあったことだ。

読んでいて、思わず目が点になった。

それほどまでに状況が切迫しているのだろう。

言葉を選ぶ余裕すらなかったのだ。おそらく、多分。

純白の花嫁衣裳《いしょう》を着ている女性に投げる言葉とは思えないが、アガサやローガンにとっては大事なことだ。あとでローガンにも伝えておこう。

「あぁ……アガサ、本当にお嫁に行くのね」

花嫁控室にやってきた母が、目に涙を浮かべながらアガサの姿を見つめた。

レースのホルターネックに、マーメイドラインのスカート。背中は首から肩甲骨周りにまで刺繍を施されたレースの生地があり、真ん中は大胆に空いている。

ドレスやアクセサリーはローガンが用意してくれたものだが、ヴェールはアガサの今回の結婚話の前から用意されていた母の手作りだ。

美しい刺繍のひと針ひと針に、いつかアガサにいい男性が現れるようにという願いを込められている。

「アガサ、本当に大丈夫?」

そんな中、母が心配そうに聞いてくる。

喜ばしい日だが、たったひとつだけ懸念事項があって、母はそればかりを気にしている。

アガサも複雑だがこればかりは仕方がない。

「大丈夫よ。お父様を呼ばずにこの式を挙げるわけにはいかないもの」

今回、どうしてもシューリス伯爵である父を結婚式に呼ばなければならず、先ほど約五年ぶりの再会を果たしたばかりだった。

ローガンの家の手前、避けられないことだ。

結婚の代わりに家に資金援助をしてもらう約束もしている。家長不在は失礼に当たるだろう。

父はアガサの結婚を喜び、笑っていた。それを目の当たりにするのは複雑で、素直に受け入れられなかった。

昔は大好きだったけれど、今のアガサにとって父は没落した原因をつくり、さらには家族を捨てて領地に引き篭もった卑怯者《ひきょうもの》。

資金援助を受けてこれから立ち直ってくれたらいいのだけれど、と願うのはお人よしすぎるだろうか。勝手に投資に金を融《と》かさないようにローガンの方で人を派遣してもらい、再建を図る予定だ。

これを機に、母も弟も父が住む領地に戻ることになっている。

父と腕を組み、バージンロードを歩くのはなかなか勇気がいることだった。

それでも歩いて行けたのは、その先に待っているのがローガンだからだ。

彼に向かって歩いて行けばいいと、ただ前だけ向いて足を進めた。

父がアガサの手を取り、ローガンに渡そうとする。

何か感動的な、もしくは父親として威厳のある言葉を言おうとしたのだろう。

口を開きかけるが、ローガンがそれを遮る。

「ご苦労様です、御父上。これからは俺がアガサを幸せにします。貴方が責務を放棄し、アガサにすべてを押し付けた分以上に、しっかりと幸せにしますので、御父上はぜひともこれ以上ご家族に迷惑をかけないように仕事に邁進《まいしん》してください。目を光らせておりますからね」

浮かれる父にしっかりと釘《くぎ》を刺し、アガサの手を受け取った。

父は呆然《ぼうぜん》としてその場で立ち尽くしていたが、母に回収されていた。

アガサは笑いが止まらなくて、噛み殺そうとしたがなかなか難しい。

それを見て、ローガンも微笑んでいた。

「こんな日に君を笑顔にできて嬉しいよ」

「なかなか小気味よかったです」

どうにかこうにか笑いを収め、アガサは改めてローガンと向かい合う。

魔力吸収を伴わないキスは初めてだった。

「……なるほど、精根尽き果てるまで、か」

バートランドからの手紙をローガンに見せると、彼は苦笑していた。

アガサも同じだったので、気持ちはよく分かる。

気遣いなのだろうが、これから初夜を迎えようとしているふたりにとっては少々刺激的だった。

新居の寝室で、向き合うふたり。

夫婦となったふたりは、これから名実ともに夫婦になる。

もちろん、ローガンの魔力を吸い取るというのが主たる目的だが、これまでのローガンとの時間がそれだけではないと教えてくれている。

「初夜だ。俺たちの初めての夜」

「はい」

「バートランドはああいっているが、さすがにそこまでの無体を君にできないな。俺の体力は君が思っている以上に無尽蔵だ」

この国の騎士団長だ、体力は超人級にあるだろう。

ローガンが精根尽き果てる頃には、アガサは気絶しているに違いない。

「何よりも君のことを大切にしたい」

「ありがとうございます」

「吸い足りない分は、口から吸ってもらうことにしよう」

こうやって、とローガンはキスしてきた。

何度も重ねてきた唇は、今日も熱くて柔らかい。

キスをしながらゆっくりとベッドに押し倒される。アガサの長いホワイトベージュの髪の毛がシーツの上に広がり、背中がベッドに沈んでいく。

不安げに瞳を揺らすアガサを、優しい瞳で見つめ、頭を撫でてきた。

「覚悟は?」

「できております」

もうずっと前から、この日を覚悟して準備していた。

だから、大丈夫、怖くない。

身ひとつでローガンに飛び込めるし、いくらでもイチャイチャできる。

「では、存分に魔力をいただいてもらうことにしよう」

ローガンの手がベビーピンクのネグリジェの肩紐《かたひも》にかかり、ゆっくりと引き落としてきた。

「ベビーピンク、君に似合っている」

顔じゅうにキスをしながら褒めてくれる。

こんな可愛らしい色合いの服が似合うのかと尻込みしていたが、ローガンがそう言ってくれて安堵した。

耳に軽く吐息を吹き込まれ、肩を竦《すく》めた。

「ひゃんっ」

ゾワゾワと背中に震える。

「耳も感度がよさそうだ」

彼の嬉しそうな声に、アガサの身体がかぁ……と熱くなった。

「だが、ここほどじゃなさそうだな」

ここ、と指を挿し込まれたのは口。

これまで散々可愛がられた箇所だった。

「随分と感じやすくなったものだ。毎日キスをした成果だな」

「……ぅン……ンん……」

舌を指で撫でられ、くちゅくちゅと卑猥な音を立てられる。ローガンの舌先だけではなく、最近はこうやって指で弄ばれることが多い。

舌だけではなく上顎も指の腹で撫でつけられて、背中に何度も快楽が伝ってくる。

ローガンに慣らされ、感じやすくされてしまった。

キスをするたびにそう実感する。

これだけで腰が砕けそうになってしまうのだ。

指で弄られるのも気持ちいいが、ローガンの唇で愛でられる方が好きだ。唾液を掻き混ぜて、快楽を与えられて、魔力を吸うだけではない行為だと教えられる。

教えられるたびに、アガサは変わっていく。

心が、身体が、悦びを覚えるようになったのだ。

「……ふぅ……ぅン……ぁ……うぅ……ンっ」

ローガンの舌が、先ほど指で可愛がってきたあとを追うようにくすぐってくる。それと同時に先ほど感度がいいと褒めていた耳を指でくにくにと弄ってきた。

両方同時に責められて、吐息が熱くなってくる。身体が愉悦を覚えて火照り、腰がわずかに揺れる。

それだけでも相当刺激的だというのに、ローガンは耳の穴に指を挿し込んできた。

おかげで口の中の音がより一層大きく聞こえてきて、いやらしい音に脳までも犯されてしまう。音がアガサの官能を高めていっているのだ。

わざとなのか、それとも偶然なのか。

ローガンはさらに唇を深く重ね、舌を大胆に動かしてきた。

ふたりの舌が交わるさまを音で聞かせるように。もっと感じてほしいと強請るように。

吐息すらも奪われて、唾液を啜《すす》られ舌も吸われる。

これまでのキスが稚戯のようだ。

どれほどローガンに弄ばれても、魔力はちゃんと吸えているだろうかと考えられる余裕があった。

けれども今日はどうだ。ずっと手加減されていたのだと分かってしまうほどに、キスだけで理性を攫《さら》われた。ただ、ローガンのことしか考えられない。

「アガサ、今日はいっそう蕩けた顔をしている。……嬉しいものだな、こんなに感じてくれて」

「……わたし……そんなつもりじゃ……恥ずかしい……」

淫らなことをしているけれど、乱れたいわけではない。できることなら冷静なままで与えられる快楽を処理できたらと思う。

けれども、何をどう頑張っても抗《あらが》えない。

ローガンに触れられるたびに脳の芯まで痺れて、思考が掻《か》き乱《みだ》されてしまう。

「いつも冷静な君が、俺の指や口、言葉ひとつで羞恥に震える姿が好きなんだ。乱れて蕩ける姿も、もっと見たい。もっと見たくてやっている」

――だから、素直に感じてほしい。

何も悪いことはない、悪いのは自分だとローガンはアガサの耳に吹き込む。

またゾクゾクとしたものが甘く苛《さいな》んできた。

ネグリジェを剥ぎ取られ、素肌がローガンの眼前に晒される。

きっちりと着込んだ服の下に隠した白くきめ細やかな肌も、他の令嬢よりも少しふくよかな胸も、女性らしくきゅっとくびれた腰も。

すべてあますことなく、ローガンに差し出された。

羞恥に身体を竦め、両腕で胸を隠す。

「……ローガン団長は、意地悪……です」

彼はそれを見て、はぁ……と感嘆の息を吐く。

頬を上気させ、目を細めた。

スッと首筋に指を這《は》わせ、ローガンはアガサの反応を見る。

彼の思惑通りに過剰に感応してしまい、かぁ……と顔が熱くなった。

「そうだな。夫になった俺のことをいまだに『団長』と呼ぶつれない妻に、意地悪のひとつでもしたくなるものだ」

「……それは、その……どう呼んでいいか分からなくて……」

　何となく、いまだに踏み込めない境界線がアガサの中にあって、その前に右往左往している状態だ。

　呼び方に関しても同様だ。契約結婚をした相手を、どこまで親しげに呼んでいいものなのか測りかねている。

「考えてみてくれ、俺がどう呼んでほしいと思っているか」

　さぁ、どうぞ、と言う彼の手は、ゆっくりとアガサのデコルテを撫でつけ、胸の中心を通り、乳房へと移動していく。

「ほら、考えろ、アガサ。これまで俺という男を知ってきただろう？」

　下から乳房を持ち上げて、両手でやわやわと揉《も》み始めた。

　彼の指が柔肉に沈み込み、好き勝手に動かされ、手の中で形を変えていく。指の間に挟まれた胸の頂が、動かされるたびに擦られて、徐々に芯を持っていく。

「……ン……ぅう……」

　じわじわと滲み出るような快楽が湧き起こる。

　それだけではなく、あのローガンが自分の胸を触っているという状況だけでどうにかなりそうだった。

（ローガン団長の手が……この国を守ってきた尊い手が、私の胸を揉んでいる……っ）

　もう呼び方どころの話ではない。

剣を握る手が、魔法を繰り出して敵を倒す手が、国王陛下の剣であり盾であるはずの人の手が、アガサに卑猥なことをするためだけに動いている。

魔力を吸い取るだけならばただ触れるだけでいい。揉む必要までない。

それなのに、彼はさらに乳首を指先でピンと弾いてきた。

「ぁうっ」

「アガサ、ちゃんと考えているか？」

指の腹で挟んで、グリグリと虐めてきて、快楽を与えてくるのだ。そのたびに腰がビクビクと震えてしまう。

「……か、考えております……けど……そ、の前に……っ……ひぅっ……たしかめたいことが……」

「いいが、その前に呼び名を決めてからだな」

意地悪にも順番を譲ってくれないローガンは、答えるどころか胸の頂を口の中に含んできた。

触るどころの話ではない、あのローガンが胸に吸い付いている。

乳暈ごと食んだ彼は、じゅるじゅると吸い付いては舌で舐り、甘く勃ち上がった乳首を唇で扱き、甘噛みをしてとあらゆる手段で責めてくる。

「……あっ……あぁ……ンん……ぅあ……あっ」

先ほどよりも漏れ出る声の量も多くて、甘さも増して、いよいよどうしていい分からなくなってきた。何もかも刺激が強すぎる。

（ま、まずは呼び方、考えなくちゃ）

何が一番適切か考えろと命じるが、ローガンが快楽でそれを邪魔する。

熱を孕んだ覚束《おぼつか》ない頭で、いろんな呼び方をしてみたが何が正解か分からなかった。

「ろ、ローガン様……？」

「団長よりはいい。けれど、まだ他人行儀な気がする」

「えぇと……あぅ……その……旦那様、とか、でしょうか？」

思いついたものから口にしてみた。

すると、ローガンの顔がパッと明るくなる。

「旦那様と呼ばれるのは、凄くいいな。君の夫という感じがして、凄くいい」

喜びながらも、彼は乳首をじゅう……と強く吸ってきた。

これまでで一番の強烈な快楽が流れ込み、アガサはあられもない声を上げて仰け反る。

「君に『旦那様』と呼ばれたら、俄然滾《たぎ》ってきてしまった。本当、ゆっくりしてあげたいのに……どうしてくれよう」

興奮した様子のローガンは、赤く熟れてしまったそこを舌でぺろりと舐《な》める。きつく吸われた分敏感になってしまって、ちょっとした刺激でも身体が反応を見せた。

その姿を見てローガンはごくりと唾を呑み込んだが、どうにか自分を諫めたらしい。

「それで、君の確かめたいこととは？」

責める手を休めて、アガサの話に矛先を切り替えた。

荒くなった息を整え、こちらを見つめるローガンを見つめ返す。

念のために彼の手を取り、確認が取れるまで動きを封じることにした。もちろん、気休め程度にしかならないが。

「肌を接触させるだけで魔力は吸い取られていくのですよね？　最終的にその……挿入、が、その役割を大きく担うのでしょうけれど」

「ああ、そうだ。粘膜接触、特に性器同士の接触が一番効率が良くて、次に口腔《こうこう》接触、肌接触となっているとバートランドは言っていたな」

「ならば、胸を揉む必要はないのでは？　それに……舐めることも……しなくても……。もういっそのこと、挿入していただいた方が、効率がいいかと……」

肌接触なら揉む必要はない。口でする必要もない。

挿入して抱き合うだけで事足りるのではないかと、率直な疑問を投げかけた。

すると、ローガンは首を傾げ、しばし考え込む。

「アガサ、君はここに来る前、閨《ねや》の教育は受けてきたのだろうか」

「はい。母に」

あまり時間がなかったので簡単にだが、淑女のたしなみと言われ教えを受けてきた。

「それで御母上は何と?」

「妻は夫にすべてを任せていればいいとだけ。痛みはあれども、それはいずれ慣れてくるので耐えることも大事だと言われました。ですので……だ、旦那様、の、なさりたいようにとは思っているのですが、これでは効率が悪いかと……」

それで差し出がましくも確認したいと申し出た。

何かまずかっただろうかと戸惑いの目を向けると、ローガンはくすりと微笑む。

「効率が悪くていいんだ。たくさん準備が必要だし、個々の準備だって必要だ。互いの気持ちが同じ方向に向かっていないといけないし、一方が辛い思いをしてまでするものではない」

いろんな工程を経て、身体を重ねる。

それが性行為だとローガンは言う。

「たしかに魔力は肌に触れるだけで吸い取れる。挿入すればことは済むだろう。けれども、そこに至るまでには、互いの心と身体を準備することも大事だ」

「でも、バートランド団長は、『くっついてイチャイチャしろ』とおっしゃっておりました。だから性行為もそういうイチャイチャの延長のようなものだとばかり……」

もしかして勘違いだったのだろうかと、アガサは内心焦った。

「可愛いなぁ、アガサ。それで戸惑っていたのか」

目尻を下げてアガサの額にキスをしてくるローガンは、よしよしと頭を撫でつけてギュッと抱き締めてきた。

「もちろんそういうイチャイチャもいいけれど、夫婦になったし、誰にも邪魔されないふたりきりの場所にいるんだ、もっと凄いイチャイチャもできる」

「……凄いイチャイチャとは、つまり先ほどのような？」

「あれ以上のことも」

どれほど凄いことなのだろうと、アガサはドキドキしてしまう。

「心配するな。これからたっぷりと教えてやる」

「たしかに教えていただけたらありがたいのですが、できれば最初に口頭で何をするか説明を

……って、そこはダメっ！　だ、団長……！」

ローガンのことだ、実地で教えるつもりなのだろう。

だからその前に説明をお願いしたいと言いかけたところで、彼の手がアガサの脚の間に伸び

てきていることに気が付いて声を上げた。

そこに触れるなんて聞いていない。

またローガンの尊い指が恥ずかしい箇所を弄るのかと焦り、制止した。

ところが、彼は叫ぶアガサを見つめてはすぅっと目を細め、容赦なく秘裂に指を這わせてく

る。

「ひぅっ」

肩を竦めて悲鳴を上げる。

そして彼の指の存在をそこに感じると、ふるふると震えた。

キスや胸への愛撫《あいぶ》で、そこからすでに蜜が漏れ出てしまっていたのだ。割れ目から滲《にじ》んでいるそれは、ローガンが指を動かすとぐちゅ……と卑猥な音を立てた。

「ダメだなんて酷いな、アガサ。こんなに濡らしているのに、俺に内緒にしようとしていたのか?」

「……だって」

「触っていないのにここまで濡れるなんて、君は口や耳だけではなく、全身が感じやすいようだ。愛《め》で甲斐《がい》があって俺も精が出るというものだ」

「うう……」

恥ずかしい。

以前のアガサの身体はこんなものではなかったのに。

「……ローガン団長のせいです……団長が私をこんな身体にしたんじゃないですか……」

ほんの一か月で淫らに変えられてしまっていた。

城の一室で交わされる、魔力吸収という名目で行われていた毎日のキス。あのときもアガサの秘所はじくじくと熟れて、潤みを帯びていた。

回数を重ねれば重ねるほどにそうなるまでの時間が短くなり、下腹部の疼きも強くなっていた。

ローガンとキスをするとどうしてもこうなってしまう自分を恥じ、できれば隠したかった。

だから、暴かれてしまった今、正直逃げ出してしまいたくて仕方がない。

「そうだな。俺が君をここまでにした。でも、残念だな。また俺のことを団長と呼んでいた。そこはまだ変わらないようだ」

「つ、つい……っ」

「もう二度と『団長』だなんて他人行儀に呼べないように変えてやろう。俺の妻として自覚が出るように、もっともっと淫らに、な」

お仕置きとばかりにローガンは秘裂を割り開き、秘所に指を挿し入れてくる。

「……ぁ……はぁっ……あぁンっ……やっ、だ……そんな、急に……」

硬く閉じたそこは指でもきついのだろう。入り口を揉むように解し、馴染ませはじめた。

じっくり、優しく。

じわじわとアガサが慣れていくのを辛抱して待ってくれているようだった。

それでももっと刺激が必要だと判断したのか、肉芽も弄ってきた。

肉芽を弄ると蜜がさらに奥から溢れ出るので、動きやすくするために執拗にグリグリと指の腹で虐められ、アガサはそのたびに啼《な》いては腰を揺らす。

そんなところに、こんなに気持ちよくなれる箇所があると知らなかった。

ローガンは、アガサの身体をどんどんと変えていくためにあらゆる箇所を開発していってしまうのではないか。

彼の言う「凄いこと」というのはこういうことなのかと、合点がいった。

ところがそれだけでは終わらないと、教え込まれる。

あろうことか、ローガンはアガサの腰を持ち上げて秘所に自身の顔を埋めてきたのだ。

「……あ……あぁ……」

もう目の前の光景が信じられなかった。

指で弄られるどころの話ではない。舐められているのだ、ローガンに。

先ほど指で弄っていた肉芽を今度は舌で舐り、代わりに指の動きを活発にしていっていた。

すでにぷっくりと膨れたそれを、じゅるじゅると音を立てながら吸われる。

一瞬頭の中が真っ白になってしまうほどの快楽が襲い掛かってきた。

「……わたし……あぁ……ひぁっ……ぅンぁ……そんなに、されたら……あっ……あぁっ!」

おかしくなってしまいそう。

アガサは首をふるふると横に振る。

だが、ローガンは攻め手を決して弱めてはくれない。

ここぞとばかりに畳みかけ、指でぐりっと膣《ちつ》壁を擦ってきた。

「ひあぁっ!　……ぅあ……ンぁ……んン……っ」

気が付けば、もう二本も指を呑み込めるほどに開かれていて、動きも大胆なものになっていた。抜き差しを繰り返して奥へと侵入し、ぐるりと円を描いて道を広める。

ローガンの指を根元まで呑み込んだ秘所は、淫らなものに変えられていっていた。

「……ローガン、さま……旦那様……なんか……変です……気持ちいいのが止まらなくて、身体が、おかしくなって……あぁっ……何か、きちゃう……っ」

子宮がきゅうんと切なくなって、快楽の塊のようなものが集まってきている。

それが大きくなり、弾けてしまいそうなくらいにパンパンだ。

これが弾けてしまったらどうなってしまうのか。怖くて助けを求めるように、アガサは自分の状態を口にした。

「大丈夫だ。怖いものじゃない。ほら、手を握っていてやるから、一緒にそれを迎え入れてやろうな」

空いている手でアガサの手を取り、指を絡ませ合いながら繋ぐ。

ほら、これなら怖くないだろうと安心させると、秘所を穿《うが》つ指の動きを激しくしてきた。肉芽を強く吸い、追い打ちをかける。

「……いやぁっ……あっ……あぁン……うぅン……ん……あぁっ！」

突き上げる感覚に導かれ、アガサはとうとう快楽を弾けさせる。

四肢に力が入り、絶頂の波に合わせて腰が痙攣《けいれん》して、はしたない動きを止められなかった。

「……あぁ……もう……最高だ、アガサ。俺にイかせられて蕩けてしまった顔、最高に可愛らしい……。あぁ、もう……」

感極まったような声を出したローガンは、さらにアガサの「可愛らしい顔」を引き出すために、膣の中に舌を差し入れて貪るように肉壁を舐ってきた。

「……ぅあっ……あっ……あっあっ……また……ダメぇっ！」

余韻がまだ引かぬ中、敏感になっている内側を蹂躙されて、アガサはまた軽く果ててしまう。

恍惚《こうこつ》とした時間がしばらく続いた。

その間、ローガンはずっとアガサの痴態を愛《いと》おしそうな目で見つめていた。

ようやくアガサの息が整ってきた頃、彼は着ているローブのサシュを解く。

筋肉質な肢体が露《あら》わになり、その造形の美しさにアガサは思わず見蕩《みと》れてしまった。

凹凸《おうとつ》の陰影、首にくっきりと浮き出た筋に、胸板の厚さ、六つに割れたお腹《なか》。どこを見てもどきどきしてしまう。

男らしさを凝縮し、彫刻のように芸術的に仕上げられた身体、それがアガサの目の前にある。

気持ちが盛り上がって、思わず黄色い悲鳴を上げそうになった。

「ん？　どうした？」

固まるアガサの顔をローガンが覗き込んでくる。

「……すみません……ローガン様の身体があまりにも美しくて……」

「これ、好き?」

そう聞かれてすかさず首を大きく縦に振った。

こんなに美しいものを嫌うわけがない。しかもローガンの身体だと思うと、ますます惹《ひ》かれて止まなかった。

「アガサに好きになってもらえるところ、ひとつ見つけたな」

「あ……」

嬉しそうに声を弾ませるローガンがローブを完全に脱ぎ去ったとき、思わず声を漏らしてしまった。

左の肩口から胸の辺りにかけて大きな噛み痕のような紋様。

おそらくそれが竜が遺《のこ》した呪いなのだろう。

彼を苦しめている元凶でもある。

「結構大きな紋様ですね」

「あぁ……。怖いか?」

「いいえ。ただ、ローガン様が背負っているものを改めて知った気がします」

そのためにアガサが妻に選ばれた。

彼を、ひいては国を救うためにこうしているのだと、思い出させてくれたのだ。

「俺が背負っているもの、君に背負わせてしまったものをこれは思い出させてくれる。でも、俺にとっては君とこうしているのは、そのためだけじゃないと思いたい」

大きく開いたアガサの脚の間に腰を入れ込んできたローガンは、何かを秘所に押し当ててくる。

その何かを目にすると、アガサは顔を手で覆った。

逞しいのは身体だけではなかった。

彼の屹立《きつりつ》もまた、雄々しくて逞しい、立派なものだったのだ。

腹に着くくらいに反り返ったそれは、太くて長くて、腕と同じように血管が浮き出ていて、見るからに凶悪だ。

秘裂を擦り、蜜を馴染ませて、蜜口に穂先を潜らせる。

「もっとアガサの好きが欲しい」

「……あ……あぁ……」

熱いものがゆっくりと中に挿入《はい》ってきた。

膣壁を擦り上げ、奥へ奥へと穿っていく。

「――どうしてか、君に好きになってもらいたくて、堪らないんだ」

「あぁっ！」

そして腰をグッと押し付けて、最奥まで貫いた。

胎が突き上げられるほど圧迫感と、存在感。どれほど丁寧に解して濡らしても、大きすぎる物を受け入れるのは、なかなか大変だった。

未開の部分を抉《こ》じ開《あ》けられて、じくじくとした鈍い痛みが続く。

耐えるアガサを、ローガンがギュッと抱き締めてくれた。

「しばらくこのままで」

「ローガン様？」

「馴染むまでこのままでいた方が君も辛くないはずだ」

たしかにこのまま抜き差しされるよりは、痛みが引いてからの方がありがたい。

「そうですね。このままの方が、魔力も吸収しやすいでしょうから」

挿入をしたまま身体を密着させる。

これぞアガサが最初に思い描いていた、効率的な魔力吸収の図だ。

すると、彼はコツンと額をくっつけてきた。

「正直なところを言っていいか？」

「はい」

「今、この瞬間、君と繋がれたことへの喜びが大きい。魔力吸収なんかどうでもいいと思えてしまうくらいにな」

アガサの目が大きく見開かれる。

胸がソワソワとして落ち着かず狼狽えた。

「呪いだとか、契約で始まった結婚だとか、魔力吸収だとか、君との関係は複雑なのに、でももっと単純で、深いものでいたい」

　今のこの関係に名前をつけるならば、契約結婚をした夫婦。呪いをかけられた夫を救うために妻となった、契約関係。

　だが、ローガンはそれとは違う関係を望んでいる。

「君のひとりで突き進む芯の強さを尊敬しているし、誰にも見せない繊細な部分を持っているところも好ましいと思う。慈しんであげたいし癒《い》やしてとことんまで甘やかしてあげたい。でも、そういう君を知っているのも俺だけでいいと……」

　ひとつひとつ自分の感情を言葉にしていくうちに、ローガンは何かに気付いたようにハッとした顔をした。

「――そうか、俺はアガサが好きなんだ」

　ようやくたどり着いた答えに喜び、彼はアガサを抱きすくめてくる。

「そうだ、大好きなんだ。これは愛おしいという気持ちだ、アガサ。君を愛しているから、俺のことを知ってもらいたいと思うし、好きになってもらいたいんだ」

　一方でアガサの方は混乱中だ。

（……ローガン様が、私を、好き？）

　そんなまさか、ありえない。

信じがたいが、目の前で当の本人が何度もアガサに向かって好きだと言っている。

愛していると。

ローガンという人は、誠実で実直。

だから、契約結婚とはいえ、ちゃんと夫婦であろうとしてくれていた。責任をしっかりと取り、夫として幸せにしたいと何度も言ってくれていたのだ。

だから、彼が優しいのも甘い言葉をくれるのも、怯えるアガサを宥め、心の距離を近づけようとしてくれていたのも夫の責任を果たそうとしているが故だと思っていた。

ところが、そうではないとローガンは言う。

夫としての責任ではなく、ローガンの愛情からそうしたいと願っているのだと。

契約結婚ではなく、ただの男女の結婚として、魔力吸収のために営む夫婦ではなく、ただの夫婦として、愛を持った普通の夫婦になりたいと。

「君との関係をこれから育んでいきたいと言っただろう？　俺は答えを見つけた。君と愛し合いたい」

「……愛し合い……たい？」

「好きだ、アガサ。君が好きだ」

「……あの、私……私は……」

何と答えたらいいのだろう。

気持ちをぶつけられたら、答えを返したいと思ってしまう。

けれども、自分の気持ちが分からない。

情けないほどに自分の感情に疎くて、ローガンに対して憧れ以外のものが存在しているはずなのに、それが何か分からないのだ。

けれども、これだけは分かる。

――嬉しい。

こんな自分が、憧れの人に好いてもらえている。

あの日、すべてを諦めたアガサが、女性として愛されている。

それが嬉しくないわけがない。

でも、胸が詰まって言葉にできなくて。

ただただ、身体の熱だけが上がっていった。

「……っ……アガサ……そんなに締めつけるな……」

「……え？」

「君の中が蠢《うごめ》いて……気持ちよすぎる。……我慢できなくなるだろう」

はぁ……とローガンは熱い息を吐いた。

「それとも、俺の言葉に反応しているのか？　好き、って言われて、嬉しくなっている？」

「……っ」

図星を指されて、アガサはびくりと身体を震わせる。

それにより、よりいっそうローガンの屹立を締め付けてしまったようで、彼は息を呑んで眉根を寄せて耐えていた。

しかし、アガサの反応はローガンの心に火を点《つ》けるのに十分だったようで。

興奮したように舌なめずりしながら、ゆるゆると腰を動かし始めた。

「好きだ、アガサ」

「……ひぅ……あ……あぁ……」

「好き……愛しているよ……」

「……やだっ……耳元で囁かれたら……っ」

もっと身体が反応してしまう。

もっともっと淫らに蠢いて、彼の剛直に絡みつくような動きをしてしまうではないかと焦りを覚えた。

だが、ローガンは止めるどころか、アガサの反応をさらに引き出そうと何度も「好きだ」と言ってくる。

言葉と身体で攻めてきて、彼の腰の動きは徐々に大胆になっていった。

アガサの膣壁が蠢きながら蜜を滲ませているせいもあるのだろう。滑りもよくなって、腰を打ち付けるようになる。

「あぁっ！　……あ……あぁう……ンぁ……んンぅ……ふぅ……うぅ……っ」

破瓜《はか》で痛みを感じていたそこは、いつの間にか痛みはなくなり代わりに快楽が生まれてきていた。

逞しい屹立が肉壁を擦り、穂先が胎の最奥を穿つく。トン、トンと突き上げられるたびに背中から腰にかけて甘い痺れが走り、咽《むせ》び啼く。

「愛している、アガサ。君の愛も欲しい……君と本物の夫婦になりたい」

身体だけではなく、心も求められて。

妻としての役割だけではなく、愛を求められて。

魔力を奪うどころか、愛を注がれて。

代わりにアガサの心すべてが持っていかれそう。

分からないのに、彼への想《おも》いをちゃんと整理して考えたいのに、ローガンの奔流のような激しい愛が思考を阻む。

身体を貫く容赦ない快楽が、頭を蕩けさせる。

「……あっ……あぅ……あぁ……もう……ダメ……また……また……」

絶頂の兆しを感じて、これ以上気持ちよくさせられてしまったらどうしていいか分からないとローガンに助けを求め、彼の手に触れた。

握り返してくれて、蕩ける笑顔を向けてくる。

「今度は俺も一緒に……ふたりで」

ローガンと一緒ならば怖くないと、覚束ない頭で何度も頷いた。

小さく「可愛い」と聞こえたかと思うと、先ほどよりも強く腰を打ち付けられて、激しく揺さぶられる。

「……アガサ……アガサ……」

身体だけではなく心までもが高みに昇ってしまいそう。

互いが入り混じって、境界線がなくなるまでとろとろに融け合って、同時に快楽を弾けさせる。

アガサの中にローガンの精がたくさん注ぎ込まれ、屹立が脈打つたびに穢《けが》されていた。

それを感じるたびに、言い知れないものが溢れてくる。

何故かアガサは泣きそうになった。

「好きだよ、アガサ」

情事が終わったあとも、ローガンの愛の言葉は続いている。

隣に横たわるアガサの髪の毛を弄り、愛おしそうに顔を見つめている。

何度言っても言い足りない、気付いたばかりの気持ちをアガサに伝えたくて仕方がないのだと、ローガンは嬉しそうにしていた。

「いつか君からも、俺と同じ言葉を聞きたい」

「……でも、私、よく分からなくて。こういうことは、上辺だけのものを返すのは、やはり嫌です。だから、今は時間をください」

言葉に詰まってしまって、答えを探そうと焦れば焦るほどに自分が分からなくなる。

でも、その場を取り繕うような言葉を選びたくない。

きっと、ローガンは心からの気持ちを口にしてくれているのだ、それに返すのはやはり誠実な気持ちであるべきだ。

「俺も先ほど自分の気持ちに気付けたんだ。すぐに答えが出なくて当然だ。無理強いしたくないし、焦《あせ》らせたりも、ましてや嘘を吐かせたりしたくもない」

彼の言葉に、アガサはコクリと頷いた。

「大丈夫、いつかは気付けるから、そんな顔をするな。それに、俺がちゃんと君の心からの『好き』を引き出してみせるさ」

額に一度、そして手の甲に何度もキスをされる。

待っていてくれと、強請るように。

「私がローガン様をそういう意味で好きになる日が来ると、確信しているのですか？」

「その芽はあると思っている。あとは、俺がどう水をやり肥料を撒《ま》いて、日の光を浴びさせて育てるか、それにかかっているんだろうな」

自分の中に芽が……とアガサは胸に手を当てた。

だが、たしかにそんな予感はある。

ローガンと話すたび、触れられるたび、彼の愛を注がれるたびに、誰にも感じたことがない特別なものが溢れてくるのだから。

「大事に育てる。俺の愛でな」

いつか大輪の花が咲くように、いつかアガサの心がローガンへの愛で満ち満ちて零《こぼ》れ落《お》ちてしまうほどに。

彼の言葉には一切の迷いも曇りも見当たらない。

アガサの未熟な心を揺さぶる、力強いものだった。

「そういえば、魔力の方はどうなのでしょうか。私は上手く吸収できましたか?」

自分ではよく分からない。

身体に特段変化があるわけでもないので、人にその成果を聞くしかなかった。

「あぁ、ここ最近で一番身体が軽い。かなり調子が戻ってきているな。これなら君のことを明日の夜まで抱けそうだ」

「それは私が無理です」

調子が戻ったのは喜ばしいことだが、ローガンの無尽蔵の体力に付き合うことは難しいと断りを入れた。

「でも、寝るときは君を抱き締めて眠りたい。寝ている間もイチャイチャしよう」

「……それは、構いません、が」

もう魔力吸収のためだとは思わない。

きっと彼は、純粋にアガサとイチャイチャしたいだけなのだ。

愛が故の言葉だと、今なら分かる。

抱き寄せられ、腕の中にすっぽりと収められる。

心地よくて、ひどく安心ができて、アガサはすぐに深い眠りに落ちることができた。


「基本的には、皮にハリと艶があって、色味の鮮やかで、持つとずっしりと重いものが水分量も多く、味も濃くて美味しい」

目の前にふたつの籠が並べられて、それぞれにオレンジが入っていた。

「これはレクレク産、酸味が少し強い。こっちはマッテローザ産で、糖度がとても高い」

ローガンはそれぞれの籠に入っているオレンジの説明をしてくれて、両方をアガサに持たせた。

「酸味と甘味、どちらが多い方が好みだ？　両方混ぜる方法もある」

「私は酸味が強い方が好きです。頭がすっきりするので」

「俺は両方混ぜて調節する。いい味の配分だったら、今日はいい日だ」

それが毎朝の楽しみなんだよと、ローガンは話してくれた。

初夜を迎えて翌日、遅めの朝食をとろうとなったときの話だ。

ふとアガサは思い出して聞いてみた。

『ローガン様は、毎朝オレンジを選ばれるのですよね？』と。

すると彼は「覚えてくれていたのか」と破顔し、ぜひ一緒に選ぼうと誘ってくれたのだ。

オレンジは三日に一度、いろんな地方から取り寄せ、毎朝美味しそうなものを選んでそれをジュースにしている。彼の趣味の一部なのだと聞いていた。

残ったものは料理に使いまわしてもらっているので、出てくる料理にオレンジを使ったものが多くなるのだとか。

特に食へのこだわりなどはないので、どんな料理が出てくるのか楽しみでもある。

だが、まずはローガンが楽しみにしているオレンジ選びに同伴させてもらって、搾りたてのジュースを試してみたかった。

じっくりとレクレク産のオレンジを見つめて、どれにしようかと考える。

正直なところ、どれも同じに見えるのだが、小さな差異が大事なのだとか。

色やハリ艶、重さを比べて一番いいと思ったものを直感で選んだ。

「見る目があるな。俺もそれが美味しそうだと思った」

ローガンもレクレク産とマッテローザ産のオレンジを一個ずつ選んで、それを搾ったものを朝食と一緒に飲むことにした。

「……美味しい」

一口飲んで、絶妙な酸味とその中に混じる甘味に感動の声を上げる。

搾りたてのジュースなど久しく飲んでいなかったが、こんなに美味しいものだっただろうかと驚いた。

「奥様、木苺《きいちご》とオレンジのジャム、どちらになさいますか？」

「あ、ええと、それではオレンジのジャムを」

ついでに言えば、使用人にお世話をされるのも久しぶりで、「奥様」と呼ばれるたびに身体が固まってしまっていた。

この屋敷はもともとローガンが暮らしていた。

公爵家が持つ屋敷のひとつを譲り受け、長年ひとりで暮らし、騎士団官舎と往復する日々を過ごしていたらしい。

そこにアガサという新たな住民がやってきて、使用人たちは大袈裟《おおげさ》なくらいに歓迎してくれた。

彼が受けた竜の呪いの事も、アガサを伴侶として選んだ理由も話してあるらしい。

万が一、ローガンの魔力が暴走してしまった場合、すぐに人を呼び、安全な場所に彼らが逃げられるように彼が配慮した結果だ。

アガサのこともローガンの妻として扱ってくれている。

こちらに話しかける彼を見る使用人たちの目が、温かなもので、にこにことふたりの様子を嬉しそうに見守ってくれているように思えた。

「俺のオレンジもいい味をしている。今日はいい日になりそうだな」

「そうですね。私もいい日になりそうです」

オレンジの味ひとつで決まるわけではないと分かっているが、それでも朝から前向きになれるものを見つけているローガンの姿勢に感心していた。

そういうところを見習いたい。アガサにはないところだから。

「これから君と朝食を食べられる日々がくるのだと思うと、嬉しさも止まらなくなる。今日だけではなく、毎日がいい日になるな」

そうしていきたい、アガサも。

いい結婚生活にしていきたい。

穏やかで小さな幸せを噛《か》み締《し》める朝を迎えられるような、そんな毎日が続くようにと密かに願った。

家令や使用人をはじめ、屋敷のことを一通り案内してもらい、ふたりでリビングのソファーに腰を掛けてお茶を飲む。

外から見た以上に広い屋敷で、すべてを回るだけで時間がかかり、咽喉が乾いてしまった。

いい運動になったが、これから妻としてこの屋敷を取り仕切ると思うと、重圧を感じてしまう。

それもあって渇きを覚えてしまったのだろう。

ようやく潤ってきた頃に、ローガンが横から手を伸ばして、アガサの下ろした髪を一束すくい、弄ってきた。

「アガサ、イチャイチャしたい」

「え⁈」

そんな唐突に？　と声を上げると、彼は身体を寄せてきてぴっとりとくっ付けてくる。

「……昨夜、イチャイチャしたと思うのですが」

「もう切れた。イチャイチャ切れだ」

いくら何でも切れるのが早すぎないだろうか？　と、アガサの肩口に顔を埋める彼を見つめた。

「今まではお昼にキスをしていた。それを身体が覚えていて、君のキスを欲している」

毎日お昼になるとキスをする生活をしていた。

だから、時間になるとアガサとキスをしたくて堪らなくなるのだと、縋る目を向けてくる。

そのいじらしい姿が何とも可愛くて、ウッと言葉を詰まらせた。

「こ、これからは私は城に行ってキスをすることはできません。ですから元の生活に戻っていただかないと」

「戻れるわけない。君の唇を知った今、もう昔には戻れないし戻りたくない。あぁ、……家に帰れば会えるとはいえ、仕事中に会えなくなるのは辛いな」

子どもみたいに落ち込むローガンの頭を撫でようと、無意識に手を伸ばしていた。

一度は撫でていいのか迷い動きを止めるも、結局彼の柔らかな髪の毛を撫でつける。

「おうちで待っておりますから。ローガン様が帰ってくるのを」

「君は俺に会えなくて寂しくないのか？」

「もちろん、寂しい気持ちはあります」

仕事に行く必要がないのは嬉しいが、それでも突如の日課がなくなるのは寂しい。

そのなかに、ローガンとの昼食とキスも含まれていて、今まで会えていた時間に会えないのは、心の中に小さな穴が開いたような気分になった。

「私も我慢しますから、ローガン様も我慢しましょう」

「我慢した分、帰ってきたら君とたくさんキスをしたい」

アガサは恥ずかしさを押し隠しながら頷く。

「今もたくさんしたい」

「……どうぞ」

ローガンは忙しい人だ。

だから、ふたりきりで過ごす蜜月の期間も短いものとなっていて、明後日には仕事に復帰することになっていた。

ローガンの手がアガサの顎にかかり、クイっと持ち上げる。

伏し目がちになった彼の長い睫毛《まつげ》が陰影をつくる。

その表情が美しくて艶《つや》めいていて、見るたびに見蕩れてしまう。

柔らかな唇がアガサの唇を奪うと、完全に閉じられる目。

それを見てこちらも目を閉じるのが癖になってしまっていた。

「……ぅ……ふぅ……ンぁ……」

肉厚の舌が口内を蹂躙し、あらゆるところに快楽を植え付けていく。

だが、今日は口の中だけではない、彼の手も腰を擦り、不埒《ふらち》な動きをしていた。

昨夜の情事を思い起こさせるような、いやらしい手つきで。

城でキスしていたときは、ローガンの手は大人しいものだった。キス以外のことはせず、アガサの身体に触れないように気を遣ってくれていた。

けれども、結婚した今は、もう遠慮はない。

貪欲にアガサを求めていた。

「キスだけでは足りなくなりそうだ」

「ですが、もっと凄いイチャイチャは夜だけでしょう?」

ここはいつ使用人が入ってくるか分からない。だからこれ以上のことはできないだろうと思っていたのだが、ローガンはそうは考えていないらしい。

「もし、この部屋に入る前に人払いをしてきたと言ったら……どうする?」

すでにそのつもりで準備をしていたのだから、抜け目がないことだ。

「最後までしない。でも、キスだけじゃなく、君に触りたい」

ソファーの上に押し倒されて、覆いかぶさられるとまたキスをされる。

拒むことなく、アガサはそれを受け入れた。

◇◇◇

「……お昼にアガサと会えなくなったと思ったら、まさか君たちと顔を突き合わせることになるとはな。……はぁ……アガサに会いたい」

短い蜜月を終え、職場に復帰したローガンを待ち受けていたのは、魔力測定をしにきたバートランドと、面白そうだからとついてきたヨゼフだった。

昼の時間、アガサと会っていた時間帯。

彼女とのキスを求めて疼くというのに、何が悲しくてこのふたりといなければならないのか。

「随分と魔力を吸われたものだな。普通の人間の平均以下になっている。どれほどイチャイチャしたんだ君は」

「時間があればアガサにひっついていたからだろうな。片時も離れたくなかったし、触れていたかった」

どれほどと聞かれたら、一日中という言葉が相応しいだろう。

起きていても寝ていても、触れていないときはないのではないかと思えるくらいにくっ付いていた自覚がある。

初夜の翌日はアガサの身体を気遣って早めに寝たが、その次の日は夕方から寝室に篭もり、彼女を抱いていた。

今朝は疲れて眠ってしまっているアガサの頬にキスをして屋敷を出てきたが、今頃彼女も目を覚ましているだろう。

身体に影響が残っていないといいがと、アガサとの濃厚で甘い思い出に浸る。

「随分と仲良しになったものだねぇ、お前たち」

「ずっとイチャイチャしている。けれど、まだ俺の片想《かたおも》いだ」

素直に現状を伝えると、ヨゼフは「え？」と顔を喜びの色に染めて、身を乗り出してきた。

「性格は難ありだが顔も地位も極上の、令嬢たちがこぞって狙っていると言われているお前が、まだ片想いだとはな！」

すでに堕としているかと思いきやいまだに手を焼いているのかと、ヨゼフは好き勝手に盛り上がっては楽しんでいた。

「アガサは俺の見てくれや地位ではなく、中身を見て判断しようとしてくれているんだ。答えが出るのを気長に待つさ」

「待つだけなのか？」

「いや、もちろん、こちらから攻め込でいる。でも、どういうものが有効的か悩んでいる。女心はとんと分からないからな」

そういうものは考えてこなかった人生だった。

だが、アガサと出会って、彼女の強さと弱さに惹かれて、好きだと気付いて。

ローガンの世界は変わってしまった。

自分と他人だった世界が、自分とアガサ、そして他人という構図になっている。

どうにか彼女の心を手に入れたい。

契約上の夫というだけではなく、ひとりの男として彼女の愛を得たいと強く望んでいる。

「贈り物などはどうだろう。私はよく女性に贈り物をする。高価で稀少《きしょう》なものであればあるほど喜ばれやすい」

そんな中、バートランドが口を挟んできた。

これに対しても、ヨゼフは興味深そうに目を細める。

「へぇ……お前はそうやって数多《あまた》の女性を堕《お》としているのかい？　バートランド。贈り物とはベタだが、お前が言うのであれば効果的なんだろうな」

「もちろんそればかりではないが、たしかに効果はある。私はデートのたびに贈り物を持参していくようにしている」

なるほど、とローガンは頷いた。

バートランドはヨゼフの言う通り、いわゆるプレイボーイだ。平民でありながら実力だけで今の地位に登り詰めた優秀な人物。

女性たちの人気が高いのは当然のことで、浮き名を流している。

そんな彼の言葉には説得力があった。

「呪いを解く手段が見つからない限り、君たちが仲良くしてくれるのは喜ばしい。両想いになってくれたら安泰だ」

「もし、アガサの愛を得ることができないのであれば、俺は彼女への愛に殉じる。どうしようもなくなれば、自らこの首を斬り落とすだろう」

他の女性を抱いてまで生きたいとも思えない。

だから、死を持ってこの呪いも終わらせるのだ。

アガサを守るために。

……と、将来を悲観視するのであればこういう結果もやぶさかではないと思っているが、いかんせんローガンという男はひたすら前向きな男だ。

そんな気はさらさらない。

「俺はアガサの愛をたったひとり得られた幸運な男になりたい。だから、バートランドの案を使わせてもらおう」

「ならば私も協力しよう。どんなものを贈ったら喜ばれたか、参考にするといい」

「協力、感謝する」

バートランドと固く頷き合った。

「お前は、こうと決めたらやり過ぎるきらいがあるから、ほどほどにしておけよ」

ヨゼフがそんなことを言っていたが、アガサへの贈り物を何にしようかと考えあぐねているローガンの耳には入らなかった。

ただ、アガサの喜ぶ顔が見たい。

彼女の愛を得たい。

その一心で決行された贈り物作戦は、のちに大変な結果を生むことになる。

◇◇◇

(朝は見送ることができなかった。何たる失態)

一方その頃、アガサは夫の仕事復帰の日であるというのに起きて見送りができなかったことを酷く悔やんでいた。

起こしてくれてもいいのにと思いつつも、起きられなかった自分がいけないのだと自分を責める気持ちに苛まれている。

この失態を取り戻すべく、アガサは起きて支度をしたあとすぐに、家令を探した。

「この家の家政について教えていただきたいの」

基本的に夫人の役割は家を守ることだ。

大きなお屋敷が円滑に回るように配慮し、かつ社交界での人脈作りにも注力しなければならない。

前者は今すぐにでも取り掛かれるが、後者に限っては没落令嬢の烙印《らくいん》を押されて久しいアガサには難しいものだった。

ローガンや家令と相談をして、時機を見て動き出す予定だ。

とりあえず、家令に教えを乞いながら、自分が今やるべきことを整理する。

魔法省で働いていたときも数多ある仕事の中から優先順位の高いものからリストにし、効率と時間配分を考慮して順番を決めていた。

仕事の内容は違うがやり方は同じだ。

働いていたときのことを思い出して楽しかった。

（私、案外楽しんで仕事をしていたのかもしれないわね）

必要に迫られて就いた仕事だった。

肩身の狭い思いをしたし、ダスティンのいびりを耐えるのも大変だったが、困り果ててやってくる人たちの声に耳を傾けて、対処を提案して、他の部署に繋げていく。

やりがいがあったし、何より解決して安心する人たちの顔を見ると安心できた。

ここでもそういうことを増やしていこう。家令と話をしながらふと思う。

一通り話を終えて昼食の時間だと言われ、食堂に赴く。

これまではローガンと一緒に食べていた昼食は、今日からはひとり。彼の言う通り、寂しさが胸の中にじわりと滲んできた。

「あの、……刺繍をしてみたいのだけれど……得意な人はいるかしら。久しぶりでいろいろと忘れてしまったから、教えてもらいながらやってみたいのだけれど……」

昼食を終え、自由な時間が手に入ったアガサは、家令に聞いてみる。

すると、刺繍が得意なご婦人を屋敷に呼んで教わりますか？　と提案してきたので、そこまでしなくてもいいと手を横に振る。

思い出しながら少し教わるだけでいいので、人を呼ぶほどではないと断ろうとすると、家令は思い出したかのように教えてくれた。

「メイド長が得意だったと記憶しております」

「ありがとう。お願いしてみるわ」

さっそくメイド長を探して刺繍を教えてくれないかとお願いしてみた。

すると彼女は快く引き受けてくれる。

「よく孫にもせがまれて作っているんです。でも、まだ小さくて針が持てないので、教えることもできなくて。だから、奥様にそう言っていただけて私も嬉しいです」

嬉しそうに笑い皺《じわ》をつくるメイド長は、刺繍道具を貸してくれて短い時間ながらもアガサに丁寧に教えてくれた。

昔はよく刺繍をしていたこと、仕事をするようになって遠のいたこと、ローガンと趣味の話をしてそれを思い出したこと、――いつかローガンに最高の出来に仕上がった刺繍を贈りたいと思っていることを話した。

「旦那様も喜ばれます。何せ奥様にべた惚《ぼ》れですからね」

フフフと微笑まれて、アガサは頬を染めた。

贈るのはもう少し先になるだろう。

家族の証として渡すという話になっていたが、ローガンの愛の告白のあとではきっと意味合いが変わってきている。

自分の気持ちが整理できたら渡したい。

その日のためにと、アガサは黙々と刺繍に取り組んでいた。

「奥様、旦那様がお帰りになったようです」

「え!　もうそんな時間?」

メイド長が仕事に戻ったあとひとりで縫っていたのだが、あまりにも集中しすぎたらしい。

家令に声をかけられて、ハッとする。

急いで階段を下り、玄関へと向かった。

「ローガン様」

「ただいま、アガサ」

小走りにやってくるアガサを見つけた瞬間、顔をパッと明るくした彼は両手を広げてアガサを待ち構える姿勢を取る。

ところが、アガサはその中に飛び込むことなく、目の前で足を止めた。

使用人たちが見ている中で、抱き締められるなんて恥ずかしくてできないと怯《ひる》んでしまったのだ。

あ……と思ってしまったが、止まってしまったからにはもう飛び込むことはできない。

首を傾げてこちらを見る彼の顔を、気まずい思いで見上げていた。

「ただいま、アガサ」

だが、ローガンはそんなアガサの身体を抱き寄せて、自分の腕の中に閉じ込めてしまう。

たとえこちらがいろんなことに気を取られて躊躇いを持っても、ローガンは躊躇なくアガサの手を取るのだ。

「やっぱり、君に会えないお昼は辛かった。早く帰りたくて堪らなかったよ」

「……はい」

こういうとき、どう答えればいいのか分からない。

愛想のない返事しかできないが、それでもローガンは満足そうに微笑んでいた。

「それで君にこれを。今日はこの屋敷でひとりで頑張っていた君に、労《ねぎら》いの贈り物をしたくて」

従者が持っていたそれを受け取り、アガサの前に差し出した。

「ユリの花……」

「刺繍のモチーフにしようとしていたくらいだ。好きな花かと思って買ってみたんだが……」

気に入ってくれただろうかと、ローガンは視線で問いかける。

「ありがとうございます。ユリは、私の好きな花で間違いありません」

香りを吸い込み、アガサは懐かしさに顔を綻ばせた。

花飾りとして髪の毛につけてもらったこと、リビングによく飾られていたこと、父のためにユリをモチーフにした刺繍をつくろうとしていたこと。

懐かしくも苦い思い出の象徴だったユリが、ローガンによって塗り替えられていく。

「嬉しいです。本当に……嬉しい……」

アガサのために選んでくれたのだと思うと、嬉しくて仕方がなかった。

すると、ローガンがギュッと抱き締めてくる。

「俺は今、感動している。君がそんな笑顔を見せて喜んでくれるとは思わなかった」

「だって、贈り物をいただけるなんて、思ってもみませんでしたから……」

不意打ちであることもあって、素直な気持ちがまろび出てきてしまっていたのだろう。

「……魔力」

「え？」

「魔力が溢《あふ》れ出《だ》してきている気がする」

「ろ、ローガン様？　……きゃっ」

突如そんなことを言い出したと思ったら、彼はアガサを抱き上げてきた。

「すぐにでも吸収してもらわなければ、爆発してしまうかもしれない」

「え！」

昨日、長い間吸収していたと思うのだが、一日でこんなにも早く溜《た》まってしまうのかと驚きの声を上げた。

急いで寝室に向かわないと、とローガンはアガサを抱いたまま足早に階段を上っていく。

あっという間に寝室に連れ込まれ、床に降ろされた。

腕の中にあったユリをチェストの上に置かれると、今度は後ろから抱き着かれた。

「……アガサ……アガサ……」

うなじにちゅ、ちゅ、とキスをしながらアガサの服を乱していく。

胸元のボタンを外され、胸を露わにされて彼の手で揉まれた。

もう片方の手は性急にスカートをたくし上げている。

「……あ……あぁ……」

下着も下ろされ、ローガンに向かって剥き出しのお尻を突き出している形になった。

「……そ、そんなに魔力が溢れているのですか？　お身体は、体調に変化は……」

「すまない。魔力が溢れそうというのは嘘だ。今すぐに君を抱きたくて、部屋に連れ込む口実として使わせてもらった」

熱い息を吐きながらトラウザーズのボタンを外すローガンは、自分で屹立を扱きながらアガサの秘所に指を挿し込んだ。

ぐちゅりと音を立てるそこは、まだあまり回数を重ねていないながらも彼の指を咥《くわ》えこむのが上手になった。

すぐに奥まで迎え入れて、蜜口も柔らかくなる。

「……ん……はぁ……あっ……」

嘘を吐いたのは、ローガンなりの配慮だろう。アガサが人前でそういうことを言われるのを嫌がっていると知ってのことだ。

けれども、帰ってきて早々抱きたいと性急に求められるのもなかなか恥ずかしいものがある。

「……君に会えない時間は想像以上に辛かった。君も少しは寂しいと思ってくれたか？」

「……ンはっ……あっ……あぁンっ……ぅあっ」

それほどまでに会えなかった時間、飢えていたのかと思うといじらしい。

「なぁ、アガサ。どう思ったか、正直に教えてくれ……アガサ……」

「ふぁっ……ンん～っ……あぅっ」

気持ちが聞きたいと、強請るようにアガサの弱いところを指の腹でトントンと押し上げてくる。

強烈な快楽がアガサを苛み、腰が砕けそうになる。

これだけでイってしまいそうで、懸命に快楽を逃がそうと腰を揺らすが、容赦なくローガンの指が攻め立ててきた。

「……わ、わたし、も……あぁっ……さみしく、おもって……ひぁンっ」

「よかった。俺だけではないと聞いて、安心した」

ホッとした顔をしてアガサにキスをする彼は、思わず魅入ってしまうほどに蕩けた顔をしていた。

アガサが彼を恋しがっていたという話だけで、嬉しそうに微笑むのだ。

ローガンに求められることにより、アガサもどこか満たされた感じがするのだ。

「贈り物、喜んでくれて俺も嬉しかった。あんな嬉しそうな顔を見たら、堪らなくなってしま寄せてきた。

「……あぅ……ダメっ……そんなに激しくしたら……あぁっ……イっちゃ……あぁっ！」

蜜が床に滴ってしまうほどに膣壁を擦られ、うなじに歯を立てられると、一気に絶頂が押し寄せてきた。

せり上がってくるものに首を振りながら抗おうと頑張ったが、アガサはあっけなくイってしまう。

指で弄られているところも、噛み付かれているうなじも、支えるために腰に回された腕の感触でさえも、アガサを気持ちよくして高みに押し上げた。

恍惚とした愉悦の時間はほどなく続く。

その間にローガンはうなじにキスをしながら、トラウザーズのボタンを外して中から熱く滾ったものを取り出した。

達したばかりのそこに、それを押し当てる。

「あぁっ……あっ……ンぁ……あ……」

ググっと一気に屹立を挿入されて、アガサの中が熱いもので満たされた。

後ろからの挿入は、前からと違っていつもよりも深く穿たれているような気がする。

子宮口を穂先でぐりぐりと抉《えぐ》られると、より一層それを感じて切なく喘《あえ》いだ。

屹立が動き始めると、すぐに快楽で膝が震えてきて立っていられなくなった。思わず上体を

倒すと、ちょうど目の前にあったベッドに顔を伏せるような体勢になる。

突き出す形になったお尻に、ローガンが強く腰を打ち付ける。

激しく揺さぶりアガサを犯しては、徐々に腰の動きを早めていった。

「……愛している……アガサ……」

「……ンぅっ……あっ……あぁう……あっあっ……」

「君は俺に『好き』と言われるのが大好きだな。悦んで中がキュッと締まる」

――もっともっと言ってほしいと強請っているみたいだ。

耳元で囁かれて、アガサはかぁ……と顔を赤くする。

それと同時に身体が反応して、さらに屹立を締め付けた。

結果、ローガンの興奮を高めることになる。

「……好きだ……好きだよ、アガサ……君が好きだ」

「……あぁ……ンぁあ……ひぁっ……あぁンっ……あぁっ」

弱点を暴かれて、容赦なく攻められて、ローガンの剥き出しの想いをぶつけられ、アガサはそれにあられもない声を上げた。

ゴリゴリとうねる膣壁を擦られて、蜜をダラダラと垂れ流すはしたない身体はもうローガンにされるがままだ。

けれども、この強引さや情熱が心地いい。

彼の愛でアガサの今まで埋められなかった部分を満たしてくれているような気がして、心も身体もローガンが与えてくれるものに強く反応していた。

腰が痙攣し、下腹部が切なくなって、絶頂が近いことを悟る。

「……やっ……あぁ……ローガン……さまぁ……もう……」

限界を途切れ途切れに訴えると、彼は上から覆いかぶさり。うなじに吸い付いてくる。痕を残すような強さで吸われたアガサは、ふるりと身体を震わせながら達してしまった。

続いてローガンも達してアガサの中に精を注ぐ。

小さく喘ぎ、屹立から白濁の液を吐き出す彼は、最後まで絞り出したあとにアガサのうなじを唇で何度も啄んだ。

「また君が喜んだ顔が見たい」

あまり感情を表に出さないが、ローガンがアガサのためにしてくれていることに感謝しているし、喜んでもいる。

もっとちゃんと分かりやすい方法で伝えるべきなのだろうか。

反省をしたアガサは、もう少し感情を表に出そうと努めることにした。

すると次の日、ローガンは巷《ちまた》で人気の入手困難と言われているお菓子を買ってきてくれた。

「話を聞いて、一度は食べてみたいと思っておりました。ありがとうございます、ローガン様」

その日は、両手を広げるローガンの目の前で足を止めてしまったが、一度深呼吸をしてから自ら歩み寄って腕の中にすっぽり収まった。

感激したローガンにまた寝室に連れ込まれてしまった。

次の日は本を。

その次の日はスカーフ、次は髪飾り、次はドレスと徐々に高価なものになっていく。

あれ？　と違和感を覚えたが、やはり贈り物をもらって嬉しい気持ちはあったので、それを素直に伝えていた。

すると、そのうち高価な宝石がついているジュエリーを買ってくるようになる。

一度はそれを躊躇いながら受け取ったが、また次の日もジュエリーを贈られた。

（……これはさすがにやりすぎでは）

最初は嬉しくて喜んでいたが、ここまでくると受け取ることに躊躇いを持ち始める。

毎日の贈り物としては高価過ぎないか。

たしかに、ローガンの実家は公爵家で、彼自身も騎士団長だ。

父親からすでにいくつか領地を受け継ぎ、領地経営で出た収益もあるので、アガサごときがお金の心配をするのはおこがましいかもしれない。

けれども、のべつまくなしに高価なものを買ってくるのはやりすぎではないだろうか。

ローガンらしくない。

父がお金で失敗した過去があるから気にしてしまうのだろうか。

日に日に、アガサの中でモヤモヤが広がっていく。

そんなアガサをよそに、ローガンはとうとう目玉が飛び出てしまうほどの大きさのサファイアがついているネックレスを買ってきた。

さすがにそれを見ては黙ってはいられない。

アガサは両手を広げて待つローガンの腕の中に入らず、彼の手を引っ張り寝室に向かって歩き出す。

「……君から積極的に……」

感動した声が聞こえてきたが、構わず寝室に彼を押し込めた。

「ローガン様、お話があります」

ベッドに腰を掛けるようにお願いし、アガサは彼の目の前に腕を組んで立つ。

何か期待を込めた目で見つめられ一瞬、躊躇ったがアガサは覚悟を決めて口を開いた。

「毎日あんな高価なものを買ってきて、どういうおつもりなのでしょうか」

「どういうつもりって……君に贈り物をしたくて買ってきたんだが……」

何が悪いのだろうかと本気で不思議に思っている顔をしていた。

「贈り物は嬉しいです。本当に嬉しく思っております。けれども、毎日はいりません。無駄遣いをしていたら、いつかお金が尽きてしまうかもしれません」

「無駄遣いなんかじゃない。君の喜ぶ顔を見られるのであれば、価値のある使い方だ」

悪気はない。

毎日の様子からそれは分かる。

分かるが、看過できないものであることもたしかだ。

「それに、お金ならたくさんある。あまり物欲がなくて金が貯《た》まる一方だったが、君に贈り物をするために今まで蓄えていたのだと気付いた。君のためのお金だ」

「私のために湯水のように使わないでください。お金は大切なものです。必要なときに、必要とされるだけ使えばいいのです」

ぴしゃりと言い返すと、ローガンはショックを受けた顔をしていた。

目を丸くして固まっている。

「……だ、だが、ユリの花とかお菓子とか喜んでくれたじゃないか」

「喜びました。でもそれは、ローガン様が私を思い、私のことを考えて選んでくださったものだと分かったからです。ですが、ここ最近のジュエリーはそうではないと思います」

ただ高価なものを買い与えられている気がしてならなかった。

「……バートランドは高価であればあるほど、女性は喜ぶと言っていた。だから、てっきり君も喜ぶかと」

なるほど、誰かの入れ知恵でここまでのことをしたのかと納得した。

噂によれば、バートランドはプレイボーイだ。

「まだ俺の片想いで、いつかアガサの心が欲しいと話した。そうしたら、バートランドが贈り物が効果的だと言っていたから、それを実践したんだ」

最初にユリの花を選んだのは、アガサが好きだと分かっていたから、思い出深い花だと知っていたから選んだとローガンは言う。

ユリの花を渡したとき、思った以上にアガサが喜んでくれたので舞い上がったのだ。そして、次も喜ばせたいと強く思うようになった。

それからローガンが徐々に暴走していき、アガサの笑顔を求めて高価なものに手を出す。気が付けば、商人に薦められるがままにジュエリーを買っていたと。

「ただ、君を喜ばせるには、そういう方法もあると聞いて、それで……」

その気持ちは嬉しい。

ありがたく受け取りたかった。

けれども、お金で苦労してきたアガサにとっては複雑だ。

「たしかに高価なものを贈られて喜ぶ女性はいると思います。ですが、私はお金を失ってすべてを失いました。だから、お金を大切に使ってほしい。ローガン様にもお金の大切さを知っていただきたいです」

もともと、生まれた環境が違う。

同じ貴族といっても、かたや伯爵家、かたや国王の従兄であり、公爵家の人間。地位も財力も雲泥の差だ。

没落してからその違いは顕著だった。

だから、お金の価値観や使い方が違うのは致し方がないことだろう。

安価でもいい。

贈られるものは、純粋に贈りたいと強く願ったときだけでいいとアガサは考えている。

何も手土産がない日だって、無事に帰って来てくれただけでアガサは十分なのに。

「……このジュエリーは受け取れません。手土産ももう、必要ないです。私はただ、ローガン様が無事に帰ってきてくださるだけで嬉しい。一番喜ぶのは、貴方の無事の帰宅です」

朝、一緒にオレンジを選ぶだけでも嬉しかった。

帰ってくると、両手を広げてアガサを待ってくれる姿を見るのも好きだった。

そんな些細《ささい》なことが嬉しくて仕方がないのだ。

「……すまない、アガサ。俺はひとりで舞い上がってしまっていたようだ」

「いえ、謝らないでください。私のために何かをしたいというお気持ちは、本当に嬉しかったですから」

それがアガサには合わなかっただけのこと。

黙って受け取ることもできたが、何も言わずにいるのはローガンを騙《だま》しているような気がした。

　こういう価値観の違いのすり合わせは大事だろう。

「あ、あの、先に食堂に行って待っていますね」

「分かった。ありがとう、アガサ」

　空気が重い。

　そう感じたのはアガサだけではなかったはずだ。

　食堂にやってきたローガンは口数が少なく、アガサもまたなかなか口を開けずにいた。眠るときも同様、ふたりの間に会話はほぼない。

　ベッドに入ると抱き寄せてくれたが、キスをしてくれるわけでもなく、もちろん情事もなかった。

　いつもはいろんな言葉をくれるローガンがだんまりだ。

「行ってくる」

「いってらっしゃいませ」

　翌日見送るときも、ローガンは何か言いたそうな顔をしてこちらを見つめていた。

　何でも率直に言葉を口にする彼がここまで口籠もるのは珍しい。

　だが、それだけ昨夜のアガサの言葉は、ローガンの心を傷つけるものだったのかもしれない。

　結局、ローガンは何も言わずに仕事に出ていった。

その背中を見送ったあとに、アガサはがっくりと項垂《うなだ》れる。

(……私、言い過ぎたのだわ)

自己嫌悪でいっぱいだ。

もっと優しい言い方もあっただろうに。

価値観の違いというのは厄介だ。

話せば分かり合えることもあるが、決して相いれない部分もある。

ダスティンが最たるものだろう。自分の価値観でしか話せないし、人の話に耳を傾けないどころか、勝手に他人を評価しては貶める。

彼とはいくら話し合っても分かり合えないと思うが、ローガンはそんな人ではない。

そう信じているからあそこまで言った部分もある。

けれども、ローガンがアガサの夕べの言葉を受け入れられなかったら？

どうしても許せないと考えるものだったら。

そう思うと、アガサは言葉を失ってしまうのだ。

これ以上余計なことを言ってしまわないように、彼の心を傷付けることがないようにと。

(もし、昨夜のことでローガン様に嫌われたら……)

アガサはどうしたらいいのだろう。

ずっとそればかりを恐れている。

今はただ彼に嫌われていないかどうか、気になって仕方がない。

こちらから積極的に話しかけていかなければ。

どうにかこの気まずさを解消しなければ。

アガサは勇気を振り絞ろうとしていた。

「ただいま、アガサ」

ところが、ローガンの気まずそうな顔を見たら、振り絞ったはずのものが萎《しぼ》んでしまう。

いつものように両手を広げて待ってくれて、アガサもその腕の中に飛び込むけれども、互いに何も言わないままゆっくりと離れる。

「あの、アガサ」

「はい！」

ローガンが何かを言おうとしてくれていると、大袈裟なくらいに反応した。

すると、彼は申し訳なさそうな顔をする。

「あー……その、バートランドが魔力吸収によって体調を崩していないかを気にしている。できれば明日、彼のところに顔を出してくれないか」

「……分かりました」

業務連絡だったと分かった瞬間、またふたりの間に気まずい空気が流れる。

アガサも期待を孕んだ声を上げてしまったために、申し訳なさが立つ。

「あとで、食堂で」

「はい」

そのあとの会話は、昨日よりは多かった。

アガサも積極的に話しかけたことも大きいのだろう。

互いに今日一日あったことを報告して、当たり障りのないことを話す。

けれども、どこか互いに遠慮があって、浅いところで腹の探り合いをしている感じが否めない。

肝心な部分の話を避けているような気がした。

（……誰かとこんなぎくしゃくするの、初めてかもしれないわ）

これまで、他人にどう思われようとかまわなかった。

いや、気にしていたら何もできなくなってしまうので、敢えて気にしないようにしていたら

それが癖づいたのだ。

だから、相手が何を思っていようとお構いなく口にすることができた。

それが今はローガンに遠慮している。

彼の気持ちを確認したいのにできない。

アガサはこれまでローガンの率直さに救われてきたのだと気付く。

「じゃあ、城に着くころ、俺も迎えに行く」

「ありがとうございます」

翌日もぎこちなさが拭えない朝を迎えた。

バートランドの検診を受けに城に行く際、ローガンも付き添ってくれると言ってくれたので、待ち合わせの時間と場所を決めてまたあとで手を振る。

（優しいところは変わらない）

こんな空気になっても、ローガンの気遣いを感じたり、一緒にいられることにアガサは喜びを感じていた。

約束はお昼前の時間で、アガサは支度をし始める。

用意されたドレスは、水色の生地に白色の糸で刺繍がなされているものだった。胸元やドレスの裾に美しい花々が咲き誇っているように見えて、何とも可愛らしい。

最初はこんな可愛らしいドレスが自分に似合うかと躊躇した。もっと地味な色のドレスでもいいのにと。

けれども、ローガンはアガサの躊躇いを一蹴するのだ。

『似合うに決まっている。このドレスを着た君を見たくて用意させたんだ、ぜひとも俺のその夢を叶えてくれないか』

優しくも温かい言葉を使って。

ローガンが似合うと思って選んだと言われれば、疑う余地はない。

いつだって彼の言葉は真実を物語っているのだから。

ドレスを着たアガサを見たローガンは、蕩けそうな目をしていた。

幸せだと言わんばかりに、こちらを見つめて一時も目を逸らさない。

そんな彼の視線に晒されて、満更でもない自分がいた。

再び水色のドレスに腕を通す。

だが、今回はアガサの背中を後押ししてくれる人はいない。

優しく見つめてくれて、着飾ったアガサを大事そうに抱き上げて「君が似合わないわけがないんだ。それを証明したな」と喜んでくれる人もいない。

ふたりの中に気まずさが残って、心からの言葉が言えない。

そんな空気をつくってしまった。

(――寂しい)

寂しくてこの胸が張り裂けそうだった。

こんなの嫌だと咽《むせ》び泣《な》き、叫び出したい。

ローガンに「ごめんなさい」と謝って、「どうか嫌わないで」とお願いをしたい。

でも、そんなみっともない姿を見せるのも恥ずかしくて、嫌われたらどうしようと不安になって、二の足を踏む。

相反する思いがぶつかり合って、どこまでも答えが出なくて苦しい。

それでも、ローガンに会いたい。

会って話がしたい。

強く願うのは、それだけだった。

（……こんなの、恋よ）

これほどまでにたったひとりの人を強く思うこと。

泣いてしまいそうなくらいにたったひとりの人を求めること。

そのたったひとりの人に会えなくて寂しいと心の中で何度も呟くこと。

こんなにも誰かを思って心揺さぶられること、ローガン以外にない。

「……好き、なのね、私」

確認するようにぽつりと零《こぼ》す。

時間がくるまでと始めた刺繍の手を止めて、それに目を落とした。

これができたら、自分の気持ちが明確になるかと思ったが、今回のことでようやく自分を見つめることができた。

白ユリのように純粋で無垢《むく》で、でも威厳と高貴さを持つローガンを愛している。

最後のひと縫いをして、後処理をしたあとに目の前に広げてみた。

これまでアガサが作った中では最高の出来だ。

ようやく自分の気持ちを整理できた今、これを渡すしかない。

白ユリの刺繍が施されたハンカチを丁寧に畳み、汚れないようにとさらに上から布で包む。

城で会ったらこれを渡そう。

渡して、一度話し合いたいのだと伝えよう。

そう心に決めて、アガサは用意された馬車に乗り込み、城へと向かっていった。

気合いを入れ過ぎて、早めに馬車に乗ってしまったからだろう。

待ち合わせの場所にはローガンはおらず、その場でしばらく待つことにした。

ポケットの中に仕舞《しま》い込《こ》んだハンカチに手を当てながら、もう少しでやって来るローガンを思い浮かべる。

早くこれを渡したくて仕方がなかった。

すると、前から見知った顔がやってくるのが見えてドキリとする。

その人もすぐにアガサに気付き、顔を歪めた。

「身の丈に合わないドレスを着ている女がいると思ったら、お前か。随分とめかし込むようになったものだ」

「スピーシーズ局長……」

面倒な人に会ったと、内心辟易《へきえき》してしまった。

会うなりアガサの身なりを貶《けな》し、笑いものにしようとしてくる。

だが、アガサはいつものように深くお辞儀をし、礼儀を欠かないようにと努めた。

「結婚すると言って突然辞めていったときは、どんな爺《じじい》の後妻になったのかと思いきや、まさか相手があのローガンだったとはな」

彼はずかずかと近づき、アガサの手首を掴んだ。

付き添いをしてくれたメイド長がすかさずダスティンを止めようとしたが、気にした様子もなくこちらを睨《にら》み付けていた。

アガサも負けじと真っ直ぐに見据える。

ここで目を逸らしてしまったら、また好き勝手に言われてしまう。

彼は弱者を嬲《なぶ》るのが大好きだ。

「どうやってあいつに取り入ったのかと不思議だった。お前のような没落した家の令嬢を娶っても得はない。遊びで十分だろうにとな」

ぎりりと掴む手に力が入り、痛みを感じるまでになる。

アガサは顔を顰め、懸命に己の手を取り返そうとした。だが、びくともしない。

「悪趣味なのか、それともお前を憐《あわ》れに思ったのか。どちらにしても正気の沙汰とは思えないな」

「おやめください、そうやってローガン様を貶める言葉を吐くのは」

アガサのことであれば黙って我慢することができた。

だが、ローガンのことも愚弄するのであれば許さない。

今まで閉じていた口を開いて、いくらでも反論すると睨み付けた。

ところが、それがさらにダスティンの機嫌を損ねる。

「あぁ？　何だ、お前。あいつに本当に愛されていると思っているのか？　大事にされるとでも本気で信じているのかよ。そんなわけないだろう。今は甘い言葉をかけられて舞い上がっているのかもしれないが、いずれはそんなこともなくなる。お前がどれほどつまらない女で、妻として物足りない女だと気付いて他の女に目移りするだろう。あいつも男だぞ！　ひとりの女に留《とど》まるわけがない！」

ダスティンは、アガサの心を抉るような言葉を投げかける。

お前には一生を共にするような女の価値がない、愛人として男にいいように弄ばれるのが似合っている。ローガンもいずれはそのことに気付くだろうと。

ダスティンは鼻で笑い、変な期待を持つなと言ってくるのだ。

最初、アガサはそれでも構わないと思っていた。

契約関係でしかないし、自分には彼を引き留めるほどのものがないから、他の女性に目移りされても仕方がないのだと。

だが、もうそんな考えは消えてしまった。

「ローガン様はそんなことはなさりません。あの方は、誠実で率直で情熱的な方です。私の話に耳を傾け、歩み寄ってくれる。優しくて、正直にいえば私にはもったいない方だとも思っております」

きっとこの体質がなければ出会えなかっただろう。

きっと、存在すら気にかけてもらえなかったはずだ。

でも、今はローガンの妻になった。

契約妻であるにも関わらず、心を通わせようと彼は心を砕いてくれた。

甘えることができないアガサの手を、優しく握って引き寄せて抱き締めてくれる、そんな温かな人。

「ですが、スピーシーズ局長に何を言われようとも、私が信じるのは私が目にしたローガン様だけ。あの方の言葉、愛と献身だけです。私もまた同じものを、それ以上のものをお返ししたい。この気持ちは揺るぎません」

ローガンは人を再び信じてもいいと思わせてくれた。

諦めた未来を見せてくれた。

契約結婚でいいと思ったアガサに、もっと深い繋がりが欲しいと思わせてくれた唯一の人。

傷付いても、苦しんでも、絶望しても泣いても、それでも立ち上がって一緒に未来を歩んでいきたいと思いをぶつけられる稀有《けう》な人だ。

ローガンもまた、そんなアガサを受け止めてくれると信じている。

「貴方が何をどう言おうと関係ありません。私たちの間に、貴方の言葉は響かない。貴方の高圧的な心無い言葉に傷つく私はもういません」

いまだにアガサの中に弱さはある。

けれども、その弱さを盾に逃げることこそが愚かなのだ。

それをローガンが教えてくれた。

「私はもう、貴方を怖がりません」

だから、ダスティンからも逃げない。

そう心に決めて、アガサは彼と対峙《たいじ》している。

「……くっ……ははっ」

睨《にら》むアガサをしばらく呆然と見つめたかと思うと、ダスティンは突如笑いはじめた。

さも愉快そうに、顔を醜く歪めて声を上げるのだ。

「随分と思い上がったようだな、アガサ。なら、私が教えてやる。お前は、今でもあの夜会の夜に私に追いかけ回されて逃げるしかできなかった、可哀想《かわいそう》な女に過ぎないんだよ」

咄嗟に蘇《よみがえ》る、あの夜のできごと。

遠くから聞こえる笑い声や話し声。

響く足音、そしてアガサを追いかけ煽《あお》るダスティンの声。

怖くて、不安で必死に逃げた。

——でも、その先には。

「こい！　今から躾《しつ》けてやる！」

ダスティンがアガサの手首を引っ張り、どこかに連れて行こうと振り返る。

「うぐっ」

そんな彼の顔を真正面から鷲掴《わしづか》みし、防いだ人がいた。

「……今、何と？」

瞬《まばた》き一つせずに目を見開き、地を這うような低い声を出して凄んでいたのはローガンだ。

彼がダスティンの顔を掴む手に力を入れるたびに、悲鳴が聞こえてくる。

ミシミシと骨が軋《きし》む音まで聞こえてきそうだった。

「アガサをどこに連れて行くって？　何を躾けるって？　どうして赤の他人のお前が、俺の妻の手を握って好き勝手なことを言っているのか、理解ができないんだが」

「いだっ！　いだだだだだだっ」

ダスティンが痛がっているのにもかかわらず、ローガンは手の力を緩める気配がない。

そちらに気を取られてアガサの手を離し、ダスティンは自分の顔に食い込む手を剥《は》がそうとしていた。

「は、離せよ！」

「その前に教えてもらいたいんだが、ダスティン」

「話したくてもこの状態じゃ話せないだろう！」

「そうか」

ダスティンの言葉が届き、ローガンは顔から手を離す。

替わりに胸倉を掴んで逃げられないようにし、顔を近づけて凄んでいた。

「それで、どうしてお前が妻にあんなことを？　何か言い分はあるのか？」

あの温厚なローガンがここまで怒っている姿を見るのは初めてだ。

アガサでさえも背筋が凍ってしまうほどに怖い。

それを目の当たりにしているダスティンはさらに恐怖を感じているだろう。

破れかぶれになったのか、ダスティンは叫び出す。

「お前らが気に食わないからだ！　アガサは生意気にも私の誘いを断り、あろうことかこんな男と結婚して盾突くしな！　それにローガン！　お前は昔から大嫌いだったんだ！」

「アガサを誘うだと……？」

今度は首を絞めそうになっている。

このままでは殺人事件が起きかねないと、アガサはふたりの間に入った。

「それについては私が説明します」

アガサを見てようやく顔を和らげた彼は、聞かせてくれと頷いた。

夜会の日にダスティンに追いかけ回されたこと、それがトラウマになっていたこと。

魔法省に勤め始めたら、警邏隊の局長にダスティンがいて、仕事で顔を突き合わせるといびられてきたことを話す。

今回は、ずっと大人しかったアガサが言い返したので、ここまで怒っているのだと。

感情を込めないように極力淡々とした口調で、事実のみを話していたのだが、ローガンの顔が話せば話すほどに怒りを剥き出しにしていく。

再びダスティンの首に手をかけて凄んでいた。

「……お前が夜会で女性にちょっかいを出しているのを見かけるたびに止めていたが、まさかアガサにも出していたとは」

「紳士面しやがって！　お前だって、どうせ可哀想なこいつを救う慈善活動のために結婚してやったんだろう？　こいつの実家に支援したのを知っているんだぞ！」

ダスティンも負けじと叫ぶ。

どうせお前も同じなのだろうと。

「憐れみからくる結婚なんか続くものか。どうせ、いつかこいつを捨てる。どれだけ誠実ぶってもお前は卑怯《ひきょう》な奴だ」

「……卑怯って……ローガン様はそんな人ではありません！」

聞き捨てならない言葉を聞いて、アガサが反論する。

「いいや、お前はこいつの本性を知らないんだ。私はもっと上に登り詰められたのに、いい人生を歩めたのに、ローガンが邪魔したせいでこんな中途半端な地位に就くことになったんだからな！」

そう懸命にダスティンは叫んでいるが、当のローガンはとんと身に覚えがないようで、首を傾げていた。

彼のその様子を見て、ダスティンは顔を羞恥に染める。

「ほ、本当なら私は陛下の友人になるはずだった！　お前が陛下にいらないと言われて、私にお鉢が回ってくるはずだったのに！　それなのに納得がいかないとかなんとか言って食い下がったせいだ！」

以前、ヨゼフから聞いた事がある。

ローガンのしつこさに折れて友人として遊ぶようになったのだと。

「私も陛下の遊び相手として候補に挙がっていたはずなのに、陛下がお前以外の友人はいらないとおっしゃって、私は外された！　お前が陛下に吹き込んで友人という立場を独占したせいだ！　父がどれほど私に失望したか、お前に分かるか?!」

「いや、あれはヨゼフがいらないと言ったんだ。面倒くさいのをさらに増やしたくないとかなんとか言って」

ヨゼフにとって友人はひとりで十分だった。

それは友人の立ち位置に入れると思っていたダスティンの期待を打ち砕く結果となり、それを彼はローガンのせいだと決めつけていた。

「それから私はお前に勝てない日々だった。騎士団に入ってもお前が一番で私は上に昇れない。だから警邏隊に移って局長という座を得たというのに、今度もまた邪魔をする！」

「俺は邪魔をしているつもりはないのだが……」

傍から見れば、ダスティンの怒りは八つ当たりだ。

それはローガンのせいでもなんでもなく、ただタイミングが悪かったのと、単なる実力不足だったというしかなかった。

何も悪意を持って邪魔をしたわけではなく、ましてや卑怯だからでもない。

「正直なところ、お前が何にそんなに躍起になっているか分からないが、これだけは言っておく。俺はアガサに同情して結婚を申し込んだわけではない。お前には知らない事情があるのは確かだが、それとはまったく違うものだ」

さすがに呆れてしまったのか、ローガンはダスティンの胸倉を絞めていた手を緩めて、大袈裟な溜息を吐いた。

「俺は生涯を共にするつもりで結婚を申し込んだ。夫として彼女を幸せにすると自分に誓った上でだ。アガサの実家に支援したのは、その方が気兼ねなく俺のところに嫁いでこられると思ったからでしかない」

ダスティンの言うことはすべて的外れであり、邪推でしかない。

そうきっぱりと言うと、ローガンは手を離してアガサの隣に立った。

「けれども今は、ひとりの男としてアガサを幸せにしたい。生涯に亘って、いや生まれ変わってもアガサと人生を共にしたい。それこそ永久に」

横で聞いていたアガサは彼の言葉に、ブワっと体温が上がる。

(……よかった、まだ共にいたいと思ってくれている)

安堵し、泣きそうになった。

「それに、お前はまったくアガサの素晴らしさを分かっていない。彼女は可哀想な人ではない。苦境の中でも自らの歩みを止めない強い人だ。俺が情けをかけて結婚を申し込んでいたら、きっと断られていただろう」

感動しているアガサをよそに、ローガンは拳を握り締めて語りだす。

「お前は知らないと思うが、照れた顔が最高に可愛らしい。普段は冷静さを欠くことがない彼女が、耳まで真っ赤にして初心な顔を見せるんだ、皆の心を掴むこと間違いなし。お前は見たことがないだろうがな」

こちらの目が点になってしまうほどに熱く、少し興奮しながら。

「俺の悪いところはちゃんと言ってくれる。自分というものをしっかり持っていて、俺はいつもアガサの言葉に感心させられる。アガサといると成長できるんだ。それは伴侶として最高のことだろう?」

「し、知るかよっ」

「俺たちは見た目や地位で判断されやすいし、判断しやすい。けれどもそれだけでは測れないものがあるとお前も知った方がいい。それを知らない、誰にも教えてもらえないお前が憐れだ、ダスティン」

広い視野を持てないお前こそが憐れだとローガンは言い放った。

ダスティンは、グッと何かを堪えるような顔をして、息を荒らげていた。

怒りや衝動、驚きに羞恥。

いろんな感情を処理しようとしているのが見える。

「……この私が憐れだと？　この、私が……」

威嚇し、こちらに噛み付こうとしていた。

だが、変わらずローガンが憐れみの目で見つめていることに気付き、ダスティンは背を向ける。

「……二度と私を憐れむ目で見るな、私を愚弄するな。そんな人間ではないことを、これからいくらでも見せつけてやる」

ダスティンはアガサたちの前から去っていった。

あのダスティンが、こんなにも大人しくなってしまうのも不気味な感じがするが、殴り合いの喧嘩《けんか》などにならなくてよかったとホッと胸を撫《な》で下《お》ろす。

それにしても、ローガンが来てくれて助かった。

あのままだったら、頭に血が上ったダスティンに何をされていたか、想像するだけでゾッとする。

「ローガン様、あの、助けていただいて……」

「アガサ、すまない。バートランドのもとに行くのは今日はやめだ」

「え？」

お礼を言おうとすると、ローガンが何故かアガサに謝ってきた。しかも、今日はバートランドのもとに行かないと言う。

それどころかアガサを抱き上げた。

「メイド長、申し訳ないがバートランドに大事な用事ができたので、日程を改めたいと伝えてくれないか」

「……か、かしこまりました。ですが、旦那様たちはどこに？」

メイド長の問いに、ローガンはアガサの顔を見つめ答える。

「ふたりで屋敷に帰る。……大事な話があるんだ」

ローガンは駆け出し、馬車に乗り込む。

驚く駆者《ぎょしゃ》に屋敷に行くように伝えると、アガサを座椅子の上に座らせた。

動き出す馬車の中で、ローガンが座面に膝を乗せ、覆いかぶさるような形でこちらを見下ろす。

ドキドキしながら、アガサも彼を見上げていた。

「怪我はないか？」

「え？」

「ダスティンに掴まれたところとか、俺が間に合わなかった間に受けた傷などはないだろうか」

先ほどダスティンに掴まれていたアガサの手首を取り、ローガンが指で撫でつけてくる。労わる手つきに、彼がどれほど心配してくれていたか分かる。

「大丈夫です。痛くありませんよ」

「それはよかった。……間に合って、本当によかった」

安堵の声が、この胸をくすぐる。

無性にローガンに抱き着きたくて堪らない。

「アガサ、ずっと君と話したいと思っていた。先日のこと、ちゃんと話し合わないとと思いながらも、君に呆れられたかもしれない、失望されたかもと思ったら行動に移せずにいた」

こんなにも気持ちが溢れそうになっているのに、さらにローガンが追い打ちをかけることを言ってくれる。

同じ気持ちでいてくれたこと、同じ恐怖を持っていたこと、でもそれでも話し合おうとしてくれていたこと。どれも嬉しかった。

ている」

「君とこのまますれ違うのは嫌だ」

「私も……私も同じ気持ちです」

「俺は君に出会えて幸運なんだ。先ほどダスティンと話をしていて、改めて思った。君と出会わなければ、もっとずっとつまらない男のままで死んでいっただろう。竜の呪いに感謝すらしている」

自分の左肩に手を当てて、嬉しそうに微笑む。

本来なら、自分の命をも蝕《むしば》む呪いのはずなのに、これがなければアガサに出会えなかったと思うと、愛おしさすら湧いてくると。

「私も感謝しております。貴方に出会えたこと。こんな私の手を取り互いを知っていきたいとおっしゃってくださったこと、いつだって私の手を引き前に進んでくださること。――私を愛してくださること」

アガサの場合は自分の魔力吸収体質に感謝といったところだろうか。

自分でも気付いていなかった体質だが、生まれ持つことができてよかったと思っている。両親に感謝だろう。

そして、ローガンにも大きな感謝を伝えたい。

「私、これからもローガン様と喧嘩をしても、ちゃんと向き合って話し合える夫婦でいたい」

「あぁ、俺もだ。このまま何ごともなかったように、時間が解決してくれるのを待つのは嫌だ。

君にちゃんと謝って、先に進みたい」

　彼の言葉に強く頷く。

「すまない、アガサ。君の気持ちもよく考えず、心を得たいがために暴走してしまった。ヨゼフにもほどほどにしておけと言われたのに」

「私もごめんなさい。私のことを思って買ってきてくださっているのは分かっていたけれど、どうしても借金を背負う前の羽振りのいい父と姿が重なってしまって……」

　つい口調が厳しくなってしまった。

「俺の浅慮さを君は叱ってくれた。それが嬉しい。君はいつだって俺に自分の意見をぶつけてくれる。そんな実直さが好きだ」

「ローガン様だって、私の手を引っ張り、正しい方向へと導いてくださるじゃないですか。そこはお互い様です」

　ふたりで成長していっている。

　ふたりで高め合っている。

　ローガンと一緒にいるとそれが分かるから嬉しい。

「仲直り……の印というか、もっともっと大事な意味も含まれているが……」

　そう言って、彼は自分の懐の内ポケットを探る。

　取り出してアガサの手に乗せてくれたのは、木彫りのアミュレットだった。

ローガンの髪の色と同じ黒の水晶が填め込まれたそれは、水晶を取り囲むように蔦《つた》のような形に木が彫られていた。

裏には公爵家の紋章が刻み込まれていて、細工の細やかさが窺える。

「以前話した、俺の趣味のひとつ」

「覚えております」

趣味だと言っていたが、まるで職人が作ったかのように精緻だった。ここまでのクオリティなのかと驚くばかりだ。

「君に受け取ってもらいたくて作った。家族の証だ」

受け取ってくれないか。

ローガンは緊張した面持ちで聞いてくる。

アガサも急いでポケットを漁《あさ》り、今日渡そうと思っていたものを取り出す。

布の中に収まっていたそれを見て、ローガンの目が見開かれた。

「……私も、ようやくこれを渡す決心がつきました」

白ユリの刺繍がされているハンカチ。

アガサがいつか家族の証として渡したいと言ったものだ。

「――好きです、ローガン様」

「アガサ……」

「私にも、『好き』という気持ちが分かりました。こんなにも幸せになったり嬉しくなったり、寂しくなったり悲しくなったりと心が落ち着きなくなるものなのですね」

知らなかった感情に振り回されて大変だけれども、自分にもこんな青臭い感情があったのかと微笑ましくなる。

「ローガン様のことを思うと幸せになってしまう。焦がれて堪らない。どんなことがあっても、一緒にいたいと願ってしまう。これは、貴方を心から愛しているということだと、私は思うのです」

そうに違いないと、アガサはローガンがくれたアミュレットを握り締めて胸に当てた。

ローガンもまた、アガサが贈ったハンカチを手に取り、幸せそうに微笑む。

そして、キュッと眉根を寄せて目を閉じた。

「あぁ……どうしよう、君の『好き』という言葉がこんなにも嬉しいなんて。言われたらきっと、いや絶対幸せだと想像していたけれど、それ以上だ。……この喜びは言葉にしがたい」

アガサも感極まり、彼の唇にキスをしていた。

いつも彼にされるように何度も啄み、ローガンを愛でる。

顔を離したときに見えた彼の顔は、真っ赤になっていた。

今、分かった。

ローガンがアガサの照れた顔が可愛いと言っていた気持ちがようやく理解できたのだ。

いつも凛々《りり》しいローガンの顔が崩れて、真っ赤になって、本当に可愛かった。

「このままお屋敷に帰るのですよね？」

「仕事は休む」

このあとは訓練と事務仕事の予定なので、誰かに回しても問題ないだろうと言う。事務仕事も明日頑張って終わらせると。

「……もし、このまま寝室に行きたいと言ったら……困りますか？」

「困るものか！　……いや、違う意味で困っている。君から誘われるなんて初めてだから、寝室まで持つか分からない」

もう抑えきれない愛を、アガサに何度もキスをすることで堪えているようだ。

欲しいと貪欲に求める表情が色っぽくて、この胸にくるものがあって。

アガサも待ちきれないとキスを返した。

じれったい思いでキスを繰り返していると、ローガンがアガサの身体を入れ替えて、座椅子に座る自分の上に向かい合うようにして座らせてくる。

彼を跨《また》がり見下ろす体勢になると、お尻を撫でられ乞われた。

「……少しだけ」

ここで待ちきれない欲をぶつけてもいいだろうかと聞かれ、アガサはこくりと頷く。

すると、ローガンはスカートを捲《めく》り上《あ》げて、素足を撫でてきた。

「このドレス、俺が君に似合うと選んだドレスだ」

「私、今日こそローガン様と仲直りしたかったから、気合いを入れてみました」

「それがあんな奴に邪魔をされてしまうとは……はぁ……何故もっと早くあの場に行けなかったのか……」

そうしたら、いの一番にアガサのこのドレス姿を見られたのにと口惜しそうにしていた。

「私が早めに着いてしまったから……ンっ……あ、なたに、早く、会いたくて……」

内腿《うちもも》を撫でつけられ、ぞくりと背中を震わせる。

皮膚の薄い部分は敏感になっていて、ローガンに触れられると雷が走ったかのように身体が反応してしまう。

今だって、馬車の中とはいえ外なのだ、はしたない声を出すのはまずいだろう。

けれども、ローガンに慣らされてしまったこの身体は、脚の付け根を撫でられて、秘所のきわギリギリのところに指を滑らされて、首筋に噛み付かれて、甘やかな声を上げる。

手で口を押さえて、どうにか漏れないように堪えようとした。

「手で塞ぐくらいなら、俺の口で塞いでくれ」

ローガンがアガサの身体を弄る間、アガサはローガンにキスをしてほしいと強請られる。

震える手をゆっくりと外して彼の首に回すと、熱い息とともに待ち構えている唇を奪った。

「……ふぅ……んっ……ンぅ……うぅ……ぁ」

もっと深く、さらに深く繋がりを求めて唇を重ねる。

おずおずと舌を伸ばし、ローガンの舌に絡ませた。

アガサを弄る手は下着の上から秘裂を指の腹で擦る。

くにくに、とあくまで筋をなぞるだけで、割り開かず中に挿入《い》れようともしない。

だが、それだけでもアガサは感じてしまい、蜜を溢れさせる。

徐々に湿った音が聞こえてきて、肉芽もぷっくりと腫れだした。

下着の上からでも分かってしまうほどに膨れたそこは、ローガンの指が動くたびに布に擦れて感じてしまう。

さらには指が割れ目ではなく肉芽を虐め始めたのだから堪らない。

ピンと弾いたり、ぐりぐりと潰したり。

ありとあらゆる刺激を与えてアガサをよがらせた。

「……ンぁ……あぅ……んふぅ……シん……こえ……でちゃ……ぅ……」

唇を塞いで声を閉じ込めたい。

キスに集中したいのに、ローガンの指が次から次へと快楽をもたらしてきて上手くいかない。

もっと加減してほしいと涙目で訴えるも、逆にローガンの興奮を煽ってしまったようで、さらに激しくしてきた。

控えめだった水音は激しいものに。

割れ目をなぞるだけだった指は、いつの間にか下着越しに蜜口に挿入っている。

布が邪魔をして奥まで愛でることはできないが、それでもアガサの官能を高めるのには十分だった。

こちら主導のキスはローガンに乗っ取られ、口内を弄られる。

口の中を敏感な部分に変えられてしまっているアガサにとっては、両方から攻め込まれている気分だ。

思わず一度キスから逃れるために顔を引き離そうとしたが、その前に後頭部に手を回されてそれも叶わなかった。

ひたすら気持ちよさを享受している。

ローガンの愛と欲をぶつけられて、アガサはなすすべなく高みに追い上げられていた。

「……あぅ……あぁン……ひぁ……あぁ……ンんんっ」

絶頂を迎え、くたりとローガンにもたれかかる。

余韻に震える背中を彼が撫でながら宥めていると、馬車が緩やかに速度を落とした。

「まだまだ、これからだぞ、アガサ」

意地悪く囁かれる。

どんなふうに攻められて、どんなふうに可愛がられるのか。

想像したアガサの胸は期待にキュンとときめいた。

抱き上げられたまま寝室に連れていかれ、ベッドの上で性急に逞しいもので貫かれる。

「あぁっ！　……ひぁ……あぁン……んぅ……あっあっ」

真正面から抱き合いながら挿入されて、一気に最奥まで穿たれて、アガサはようやく得られたローガンの熱に悦びを覚える。

膣壁を思う存分擦られて、いつも気持ちいいと咽び啼いてしまう箇所を攻められて、あっという間に二度目の絶頂を迎えてしまった。

それでもローガンの愛は止まらず穿ち続ける。

今度は後ろに沿うように横たわり、アガサの片足を持ち上げて横から挿入してきた。

突かれる角度が変わって、いつもとは違う箇所を擦られる。

媚肉が震えてきゅうきゅうと屹立を締め付け、アガサの身体も悦んでいる。

腰を打ち付けられるたびに頭の中が真っ白になってしまいそう。

ローガンの愛に絡み取られて、溺れて、心も身体もドロドロに蕩けて。

それも気持ちが良くて、もう何も考えられない。

「愛している、アガサ」

耳を舐められながら囁かれる愛の言葉も、容赦なく突き上げてくる屹立の熱さも、全身で愛されていると感じて悦ぶ身体も。

すべてがアガサを幸せにしていく。

「……わたしも……わたしも、ンンぁ……愛して、ます……ひぁっン……あぁっ！」

誰かを愛すること、誰かに愛されること。

大切に思い、大切に思われること。

相手を思いやり、思いやられること。

双方向の想いが交錯する。それを感じられて嬉しい。

頑《かたく》なだった心を預けることができる人が現れるなんて、こんなにも欲しいと求めることができる人が現れるなんて、奇跡だ。

「……アガサ……アガサっ……もう、出るっ」

「……私も……一緒に……あぁ……あっあっ……！」

自分の中にどくどくと注がれる愛の証を感じながら、ローガンへの愛を噛み締める。

――あの日、あのとき、助けてくれた人が今、最愛の人になっている。

こんな奇跡、祈ってもなかなか起きないだろう。


六年前。

アガサが唯一参加した夜会の日。

ダスティンや彼の仲間たちに馬鹿にされ、貶められて、しまいには追いかけ回された。

懸命にヒールを履いた足を動かして、ダスティンから逃げ続ける。広い屋敷の中を闇雲に走ったおかげで、自分が今どこに向かっているか分からなかった。

行けば行くほどにひと気がないところに向かっているような気がする。

悪い方向に向かっているのではと、ドクドクと心臓が嫌な音を立てた。

「まぁてよぉ！　私がお前の相手をしてやると言っているんだ！　光栄だろう？　スピーシーズ侯爵家の人間に遊んでもらえるんだ、女なら皆喜ぶ」

酔っ払っていて、こんなことをするのかと最初は思っていた。

酒に踊らされた結果、正常な判断ができないがための愚行なのだと。

母にもときおりそういう人がいると聞いていたので、特段驚かない。

けれども、あのときのダスティンは素面《しらふ》だった。

多少酔っていても正気を失わない程度のもの。

その証拠に、アガサを追いかけるときに手加減をしていた。

追いつきそうになると速度を落とし、引き離されると速める。

まるで獲物をいたぶるような動きは、酒で判断が鈍っている人だとは思えなかった。

だからこそ怖かった。

本当にそういうつもりで追いかけてきていることが分かったからだ。

「誰か！　誰か助けて！」

叫んだけれども、誰も聞き届けてくれなかった。

人を見つけて助けを求めても、追いかけているのがダスティンだと知るや、皆差し伸べかけた手を引っ込めて突き放す。

ニヤニヤと「頑張れよ」と言い、アガサを彼に差し出していた。

（……誰も、助けてくれない）

皆、金が必要なのだから身体を使えとか、媚《こ》びを売れとか、そのくらいしなければ家を助けられないぞと笑う。

今のお前にはそれくらいの価値しかないのだから、価値ある者に従えと。

没落した家の令嬢は、このくらいのことをされて当然だ。むしろ遊び相手に選ばれたことを光栄に思わなければとさえ言われたのだ。

社交界に、アガサの人権はなかったに等しい。

逃げて逃げて、どうにか無事に家に帰りたい。

そう願って目に涙を浮かべたとき、また曲がり角で人にぶつかる。

「おっと、すまない」

その人はアガサの肩を掴み、ぶつかったことを謝ってきた。

「待てよ！　おい！　私から逃げ切れると思うなよ！」

ダスティンの声が聞こえてきて、アガサはびくりと肩を震わせた。

またこの人も彼にアガサを差し出すのだろう。

離してほしいと身じろぐと、その人はアガサにそっと耳打ちした。

「このまま真っ直ぐ行けばすぐに出口に辿り着く。ここは俺が食い止めるから君は逃げろ」

そう言って肩を離し、背中を軽く押す。

アガサと入れ替わるようにして、彼はダスティンの方へと歩いて行った。

「ダスティン、またお前は女性を追いかけ回しているのか。騎士団をやめてからたるんでいるんじゃないか？」

「お、お前！　なんでここにいるんだ！　今日は来ないはずじゃ……！」

「用事で遅れただけだ。そうでなければお前がこんなことをはじめる前に止めていた」

呆れた声を出す彼に、ダスティンは管を巻く。

意に介した様子もなく、ダスティンの首根っこを掴まえて説教をしていた。

「う、うるさいぞ！　――ローガン！」

そのときに知った彼の名前。

唯一アガサを助けてくれた人の正体だった。

その日、アガサが感じたのは絶望と失望がほとんどだったけれど、唯一、小さな光を残してくれたのがローガンの存在だった。

その日、顔はほとんど見ることができず、はっきりと分からなかったが、すぐにどの人か分かった。

当時は王太子だったヨゼフの従兄であり友人。

見目よし、家柄よし、性格もよしで文句なしの完璧人間。

将来は騎士団長の地位を約束されていると言われているその人。

アガサからは遠く離れた人だった。

助けてもらったお礼を言いたかったが、気後れして彼の前に踏み出すことができなかった。

きっと覚えていないだろう。

案の定ローガンはアガサのことを覚えていなかった。

あのとき薄暗かったし、目を合わせたわけでもない。アガサも最初は敵だと思って顔を伏せていたせいもあるのだろう。

でも、それでもアガサの中でローガンへの憧れの気持ちは増していく。

騎士団長に就任したと聞いたとき、彼の活躍を耳にするたび、憧れの気持ちは強くなる。

きっと他の貴族たちとは違うのだろう。彼は清廉で、優しくて、人を貶めることなく誠実な人なのだろうと、勝手に想像を膨らませていた。

ローガン像を作り上げたのだ。

だから、遠くで見ているだけでよかった。

作り上げた完璧なローガン像を壊されたくなかったからだ。

あの日、アガサを救ってくれた小さな光を幻にしたくないと思っていた。

……ところが、実際のローガンは完璧ではなかった。ローガン像とはかけ離れた人だった。少しずれているし、しつこいところがあるし、思い込んだら一直線で暴走するところもある。それでもアガサが絶望しないのは、失望なんか微塵《みじん》も感じないのは、根底にある誠実さや優しさ、実直さ、あの日アガサが感じたものがまったく変わらないからだ。

どれほどローガンを知っても、アガサは嫌うどころか心惹かれていくばかり。

あんなに人を信じる事を怖がっていたのが不思議なくらいに、彼を愛している。

(あの日の絶望した自分に言ってあげたい。……大丈夫、信じていいよって)

唯一心に残った光だけは、手離さないでと。

いつか突然のプロポーズとともにローガンは目の前に現れる。

「問題なさそうだな。何か自覚症状はあるか？」

「いえ、特には。今のところ良好です」

バートランドが検診を終え、最終確認としてアガサの体調を聞いてくる。

これまで一度も体調の悪さを感じたことがなかったので、問題ないと答えると、バートランドは大きく頷いた。

「ローガン団長の魔力を随分と吸っているようだが……」

そう言って、バートランドはローガンをちらりと見る。

魔力を吸っているというのが何を意味しているか分かっているアガサは頬を染め、ローガンは嬉しそうに相好を崩す。

「それでも何も影響を受けていないということは、君の吸収許容量は随分と大きいようだな」

バートランドが感心したようにアガサの顔をじっくりと見つめていた。

すかさず近づく彼の顔を、ローガンが手で遠ざけていたが、なおもアガサの体質に興味が尽きないようだ。

目を離そうとしない。

「魔力吸収体質はまだ分かっていない部分が多いんだ。稀少だからというのもあるんだが、何故吸収をするのか、吸収した魔力の影響を受けないのか、まだ解明されていない」

そうであるが故に、アガサを目の前にすると探求心が止められなくなるのだと。

何度か、一度じっくりと身体を調べさせてくれないかとお願いされているが、ローガンがそれを許さない。

自分以外の男性にアガサを触らせたくないと、独占欲を爆発させていた。

「それで、俺の呪いについて、何か分かったことはあるのか？」

「各国に魔術師団に問い合わせている。竜の呪いについての研究はそこまで盛んではないから、なかなか難しいな。これもまた稀少な呪いだ」

稀少な呪いに稀少な体質。

どちらもサンプルが少ないので、研究が進まずにいた。

「ただ、竜の呪いというのは残留思念だと言われている。人間に呪いをかけるのは、それを残して何かしらの目的を遂げるためではないかと」

この呪いをかけたあとに竜が死んでしまうのは、魂そのものを込めているのではないか。魔力が溢れ出してしまうのは、竜の魂が与える魔力が宿主の許容量を超えてしまうからではないかという研究があるのだとか。

一方で、竜が人間をより多く害するために、時限爆弾のような呪いをかけたに過ぎないという研究もある。どちらかと言えば、こちらの方が主流なのだとか。

「他国では、その呪いをかけられた者は即刻首を斬って処刑しているようだ。そのせいで研究が進んでいないのもある」

「え！」

アガサは思わず声を上げた。

国を守るために危険分子は排除する。それは国の判断として仕方がないものだと分かっているが、国が違えばローガンも殺されていたと思うと遣る瀬無い。

「アガサがいてよかったな、ローガン団長。その膨大な魔力を吸う器がなければ、陛下もいつかは非情な決断を下さなければならなかっただろう」

「あぁ、分かっている。俺はアガサに生かされているんだ」

いろんな意味でな。

後半の言葉はアガサにだけ聞こえるように囁いてきた。

「この調子であれば、当分は何も問題ないだろう。ただ、不安なのはローガン団長の遠征のときだな」

「それは俺も危惧している」

三人で神妙な顔をする。

バランスが難しいのだ。

日にちが経つにつれて魔力が溢れ出ないように、事前に限界ギリギリまで吸い取る必要がある。

だが、そうしてしまうと、ローガンが咄嗟に魔法を使えなくなるデメリットもあった。

基本的に、ローガンは魔力を剣に纏《まと》わせて威力を増幅させる、肉体に纏わせて防御力を上げ、身体能力を上げるなどの使い方をしている。

そのほかに結界を張ったり、治癒をしたりと魔力はなくてはならないものだ。

特に遠征時は、魔法省からの依頼で問題解決のために遠出をするので、魔力は備えておかなければならない。

だから、吸い取り過ぎてもまずい。

「来月、カッサズに同盟の最終調整をしに行く予定だ。こればかりは外せない」

カッサズはここから馬で四日ほどかかる場所にある国境の町だ。

国境を巡って隣国と長年諍いを起こしていたが、ここ数年、ローガンが隣国の将軍と話し合いを進め、境界線の制定と同盟関係を結ぶことになった。

カッサズで会合を開き、その最終調整を行う。

大事な話し合いに、長年尽力していたローガンが出席しないわけにはいかなかった。

関係は良好になってきているとはいえ、隣国の将軍は気難しい人だと聞く。もしローガン以外の人間が交渉の席に着いたら、機嫌を損ねる可能性もあった。

他の用事であれば、ローガン不在のままで進めてもらえるのだが、これぱかりは外せない。話し合いが終わり次第、すぐに王都に帰還するつもりではいるが、果たしてどれほどまで魔力を溢れさせずにいられるものか。

今まで長期間離れたことがないので、未知数だった。

「今回は念のために、限界ギリギリまで魔力を吸い上げてもらってから出立する。最悪なのは、俺の魔力が暴走して周りを巻き込むことだ。それだけは避けたい」

そのために、指揮に専念し、戦闘は極力参加しないという方向で騎士団の中で話しがまとまっているのだと言う。

ある程度魔力が溜まればその限りではないが、枯渇状態の間はローガンは戦闘から退くということになっていた。

本当はアガサが同行できれば、その手の心配はなくなるのだが、いかんせん足を引っ張る予感しかない。

終始危険が付きまとうし、旅に慣れていないので、迷惑をかけてしまうだろう。

隣国とは同盟関係を結ぶとはいえ、いまだに敵対感情を完全には拭いきれていない状況だ。現場の空気はひりついているだろうし、何かの拍子にそのまま争いになる場合もある。

ローガンの弱点ともいえるアガサを連れていくのは、ローガン自身が許さなかった。

それが分かっているので、自分からついていくことを提案しなかったし、この場にいる人間も皆、頭からその選択肢を省いている。

「それが最善策だろうな。だが、十分に気を付けていけ。呪いが未知数である限り、何が起こるか私にも分からない」

実際に一度、予測を見誤って魔力が溢れ出すまでになった。

あのときはローガンが倒れ込み、すぐにアガサが処置をしたので事なきを得たが、遠征中はアガサによる応急処置ができない分危険が増す。

「何かあればすぐにローガン団長を隔離できるように結界を張る人員をうちから連れていくし、すぐに私に報《しら》せがくるようにしておこう」

「ありがとう、バートランド」

考えられる限りの万全な態勢で挑む遠征に、アガサはどうしても不安が拭いきれない。

それでも遠くに行かなければならないのは、ローガンが騎士団長として重要な役割を果たさなければならない立場にあるからだ。

魔力を吸うことしかできないアガサは、こういうときにもどかしさを感じてしまう。

(何ごともなく無事に帰ってきて……)

その祈りは、ローガンが出立するまでも、出立したあともずっと続いていた。

ローガンと離れて十五日ほど経った頃、ようやくアガサに先触れがやってくる。二日前にカッサズを発《た》ったので、明後日には帰ってこられそうだと。

今のところ何も問題なく進んでいるので、無事な姿を見せられるだろうというローガンの手紙に、涙が出てしまうほどに安堵した。

無事であること、もうすぐ会えること。

アガサは手紙を抱き締めながら、それを喜んでいた。

——ところが、帰還予定のその日の午後、バートランドからアガサに緊急の報せが入ってきた。


恐れていたことが起きそうだ、と。

すぐさま用意された馬車に乗り込み、城へと向かう。

バートランドと落ち合って案内されたのは、魔術師団官舎内にある訓練場。

騎士たち、魔術師たちが集まってどよめいていた。

そして聞こえてくる衝撃音、叫び声。

アガサの心臓がドクリと嫌な音を立ててうねりを上げた。

「……何ごとですか、バートランド団長」

考えたくない。

そうだと思いたくない。

けれども、バートランドの顔は険しく、悪い予感をさらに呼び寄せた。

「暴走だ。ローガン団長の魔力が暴走をし始めている」

「そんな！」

手紙では順調だと書いてあったのに何故と、アガサはバートランドを問い詰めた。

たしかに順調だった。

付き添いの魔術師の計測では魔力は増えているが溢れるほどでもなく、ギリギリといったところだったと。

王都に帰ればすぐにでも吸い取ってもらう必要があるが、それでも暴走までには至らないだろうという判断だった……はずだった。

ところが、騎士団官舎に着き、ローガンがヨゼフに帰還報告をしに行こうとしたときだった。

急に、唐突に。

前触れもなく、ローガンの身体から魔力が溢れ出し暴走をし始めたのだ。

魔術師団官舎内の訓練場に移動させたのは、こちらのほうが魔力耐性の結界が張られているからだ。多少の暴走でも抑え込み、被害を外に出さないようにできる。

現に、ローガンは訓練場の真ん中にひとりでいた。

暴れ出し、辺りに散らばる魔力を結界が抑え込んでいる。

勢いよく魔力の塊がぶつかるたびに大きな音がなり、結界を揺らす。同時に、人々の中に動揺も生まれていた。

ローガンの身を案じて声をかける騎士、策を講じる魔術師。

結界を強めるためにさらにその上から張り、周りの建物から人を避難させたりと、それぞれができることをしていた。

「……バートランド団長……私はどうしたら……」

ここに来たからには何かできることがあるはずだと問う。

ところが、彼は苦しそうな顔をした。

「今は陛下の判断待ちだが……別れの準備をしておいた方がいい」

「……っ」

声にならない悲鳴を上げ、身体を竦ませる。

それは、つまり。

「何がきっかけでこんなことになってしまったか分からない。だが、予兆もなく突然ここまで魔力が暴走したのであれば、これは竜の呪い自体が暴走していると考えていい。……もう私たちになすすべはない」

「で、ですが、私が魔力を吸えば、どうにか！」

「あの魔力の渦に飛び込むのか？　死にに行くようなものだ。それはローガン団長だって望んでいまい」

何よりもアガサの無事を優先させたいはずだと、バートランドは言う。

ローガンはそういう男だと。

そうだとしても、彼がそう望んでいると分かっていても、それを受け止めることはできなかった。

このままではローガンが殺されてしまう。

仲間たちの手によって、この国を守るために。

そんなことは誰も望んでいない。

アガサだって、ローガンの命を諦めて別れを告げるなんてこと、できるはずがなかった。

「……い、嫌です。嫌です嫌です嫌です！　そんなの絶対に嫌っ！」

まるで子どものように首を横に振り、嫌だと叫ぶ。

「私の身に危険が及ぶのは分かりました。でも、もしかすると魔力を吸収することによって解決するかもしれないのでしょう？　呪いが暴走しても、まだ救う手立てが遺されているかもしれない」

可能性があるのであれば、諦めたくない。諦めないでほしいと言い募る。

バートランドは苦悶《くもん》の表情を浮かべて思い悩んでいた。

「私の周りに結界を張ることはできますか？」

「それはできるが……それならば、私が結界を張りながら君と一緒にローガン団長のところに行って」

「いいえ。バートランド団長はここに残ってください。万が一私が失敗した場合、私ごとローガン様を……どうか……」

この国を救うために非情な決断を下してほしい。

周りを巻き込むのはアガサも、そしてローガンも本意ではない。

「……君は、ローガン団長と心中するつもりか」

「いいえ、違います。死にに行くつもりではなく、私の役割を果たしに行くのです。……それに、私がローガン様のお側《そば》にいたいのです。どんなときも」

それがたとえ最期であったとしても、運命をともにしたい。

奇跡から始まったふたりの軌跡を終わらせるなら、一緒がいい。

「バートランド団長、お願いいたします」

アガサの覚悟を受け取ってくれたのか、バートランドは今度こそ頷いてくれた。

「いいか、あの魔力の塊に対し、どのくらいの耐久性があるか分からない。この私の魔術が破られるとは考えたくないが、相手は呪いによって魔力を極限まで引き上げられた上に竜の魔力が上乗せされて、さらに手加減が利かない状態だ。……できるだけ直撃を避けろ」

あまり運動は得意ではないが、命がけで逃げるしかない。

やるだけやるしかないと、アガサは身体の周りに強固な結界を張ってもらった。

訓練場に張ってある大きな結界の前に立ち、震える手を握り締める。

（今、お側に行きます）

この向こうで苦しんでいるであろうローガンを助けに、アガサは人ひとり分開いた結界の中に入った。

中は魔力が嵐のように渦巻き荒れ狂い、そして出口を求めて結界にぶつかっている。

視界が悪く、中心にいるローガンの影しか見えなかった、ひたすらそちらに向かって走り続けた。

「きゃっ」

魔力の塊が何度も飛んでくる。

それをギリギリのところで避けるが、結界を掠《かす》り揺れ動かした。

バートランドが施してくれたのだから簡単に壊れるわけがないと分かっていながらも、やはり衝撃がくると怖い。

恐怖で足が竦んでしまいそうになったが、それでも無心で足を動かす。

「ローガン様！」

ようやくはっきりと見えたローガンの姿に、すかさず叫ぶ。

彼は地面に手を突き、呻き声を上げながら苦しんでいた。

少し魔力が漏れ出す程度でも眩暈を訴え、立てなくなるほどだ。これほどの暴走を引き起こした今、どれほどの痛みや苦しみが彼に襲い掛かっているか分からない。
暴れる魔力は、ローガン自身をも傷つけているのだろう。
服が破け、身体は至るところが傷だらけになっていた。
「ローガン様！　ローガン様！」
轟音《ごうおん》の中、必死に名前を呼び続ける。
中心に行けば行くほどに威力が凄くて前に進めない。
こちらに気付いてほしいと願って呼び続けると、ようやくローガンの耳に届く。
彼は顔を上げ、アガサの顔を見た瞬間、目を見開き固まった。
「あ、アガサ！　どうしてここに！　やめろ！　今すぐ離れるんだ！」
彼ならそう言うだろう。
そう思っていた。
優しい人だから、アガサを守ろうとしてくれる人だから。
「いいえ！　離れません！　貴方を助けるまでは、絶対に！」
アガサがローガンを守りたい。
そうする番だと彼のもとに進むのだ。
ローガンを求めて手を伸ばす。
もう少しで辿り着くと、手が届くのだと見せるように。

結界を超えて、彼に触れようとしたそのときだった。

「……え?」

バートランドが張ってくれた強固な結界は、アガサが触れた瞬間、パンッと割れて消えてしまった。

スッと足元に血の気が引いていく。

「アガサっ!」

無防備になり、守るものが何ひとつなくなったアガサを見て、ローガンも顔色を失くしていた。

駆けつけてこようとするも、暴走する魔力に蝕まれた身体を動かすことができず、ローガンは這いつくばったまま悶《もだ》える。

どうしようと狼狽えているところに、魔力の塊がアガサに向かって飛んできた。

(……避けなきゃ)

そう思えども、足が地面に張り付いたように動かない。

恐怖で竦んで指ひとつ動かせなかった。

ローガンが叫んでいる。

血を吐き、傷だらけになって、もう体力も限界だろう。

「……待っていて……助けるから」

怖くて涙が溢れて止まらない。

今すぐにでも逃げ出してしまいたいけれど、それでも。

それでも、ローガンを助けたいという気持ちは揺るがなかった。

「アガサぁっ！」

ローガンが叫んだ瞬間、アガサに魔力の塊がぶつかる。

「………っ」

横から叩きつけられるように勢いよくぶつかってきて、アガサの小さな身体は吹っ飛ばされる……はずだった。

「……アガサ？」

ところが、魔力はアガサを吹っ飛ばすところか、目の前で消えていく。

他の魔力も同様、アガサに近づいた途端にスッと、姿かたちを失くしていったのだ。

「……もしかして、この魔力も吸収しているの？」

自分の身体を見下ろし、この身に起こったことをどうにか理解しようとした。

だが、理解よりもまず先にローガンを救うことが先決だと頭を切り替える。

分からないことはあとでバートランドに聞けばいい。

走ってローガンのもとに向かった。

不思議だった。

結界がアガサを取り囲んでいたときは抵抗が大きくて先に進むのも困難だったのに、今はするすると行けてしまう。

押し寄せる魔力を片っ端から吸い取っているので、抵抗が何もないせいだろう。

「ローガン様！」

彼の身体に抱き着き、傷だらけの身体を支える。

すると、ローガンは震える手でアガサを抱き締めてくれた。

「……大丈夫なのか？　怪我は？　どこか痛めたり……あ、あぁ、バートランドにも見せないと、今すぐにでも……」

「大丈夫です。私なら大丈夫。私の顔を見てください、ローガン様」

恐慌状態から抜け出せないローガンの顔を手で包み、自分の方を向かせた。

揺れる灰色の瞳の中にアガサが映り、目と目が合う。

ようやく肩の力が抜けたローガンは、フッと泣きそうな顔になった。

「……アガサっ……君を喪《うしな》うかと……っ」

「申し訳ございません。まさかあそこで結界が壊れてしまうとは、私も驚きました。でも、無事です。私は傷ひとつ負っていません」

ちゃんと確かめて実感してほしいと、彼の手を取り、自分の頬に当てる。

むしろ傷だらけなのはローガンの方だと、彼の痛ましい姿を見て眉根を寄せた。

「次はローガン様を救わせてください。暴れている魔力すべて、私が引き受けますから」

「だが、いくら君であったとしても、これほどの魔力を吸収したらどうなるか……」

「しなければ、ここでふたりで死ぬだけです」

「アガサ！」

「無事にふたりでここを出られるまで、私はローガン様から離れません。それが唯一の策であり、最善の策だと思います」

実際、アガサの身体はローガンに触れているおかげで魔力を吸い続けている。

魔力の威力も心なしか弱まっている気がするので、この方法は間違いではないはずだ。

「ローガン様、キスを」

「こんな危険な真似をして……君は……」

「一緒に生きていくために、諦めることはしたくない。——貴方が私を救ってくれたように、私も貴方を救いたい」

夜会のときに救ってくれたように。

いまだにお礼を言えていない代わりに、今度はアガサがローガンを救うのだから。

キスをして、ギュッと抱き締めて。

ふたりですべてが落ち着くまで寄り添い合った。

「バートランド！」

魔力を収めたあと、ローガンがアガサを抱き上げて急いでバートランドのもとに駆けていった。

アガサ含めて周りの人間は血だらけのローガンを心配しているというのに、彼はひたすら魔力を吸い取り続けたアガサの心配していた。

「アガサを！　アガサを診てくれ！　あんなに魔力を吸収したんだ、身体に変調をきたしているかもしれない！」

「もちろん診させてもらうが、ローガン団長も手当てが必要だろう！」

「いいや、その前にアガサだ！」

どうしてもアガサを優先したいローガンの言葉に従い、バートランドはアガサを先に診てくれた。

引き換えに他の魔術師にローガンの手当てをするようにと命じてくれたので、アガサはホッと胸を撫で下ろす。

「随分と無茶《むちゃ》をしたようだな。だが、無事でよかった」

「ご心配をおかけしました。途中で結界が割れてしまって、焦りましたが」

「……割れたのか？　それであの中で無傷でいられたと？」

バートランドは驚愕《きょうがく》の表情を浮かべた。

横で聞いていたローガンがそのときの状況を説明する。

アガサが結界に触れた瞬間、結界が割れたこと。襲い掛かる魔力をすべて吸い取り、事なきを得たこと。

その上でさらにローガンの魔力も吸い取ったこと。

話を聞けば聞くほどにバートランドの顔が唖然としていくのが分かった。

「それで、君は体調に問題はないのか？」

「はい、まったく。変わったところは特にありません」

敢えて言うのであれば、安堵で気が抜けてしまっていることだけだろうか。

それ以外は至って健康だ。

「……驚いたな。君の魔力吸収体質は、私が思っていた以上に素晴らしいものなのかもしれない。魔力すべてを無限に吸い取る、ということか」

アガサの手を取り、バートランドはブツブツと考え込んでいた。

「いや、だが以前よりも吸収力が増している。もしかして、毎日ローガン団長の魔力を吸っていたことで威力が増したのか？　それとも、もともとあった素質が目覚めたのか……興味深い」

この体質は未知のものだとは聞いていたが、ここまでのものとはアガサ自身も思っていなかった。

だが、おかげでローガンを救うことができた。

ちゃんと自分の役割を果たせたのだ。

「本当に大丈夫なのか？　アガサ」

治療もそこそこにローガンがやってきて、こちらの顔色を窺う。

後ろから魔術師が「まだ終わっていません！」と怒っていたが、彼にはアガサしか見えていなかった。

「大丈夫です。バートランド団長、ぜひローガン様を診てくださいませんか？　私よりもずっと深手を負っていらっしゃるので」

治療の間、ちゃんと隣にいるし、何かあればすぐに知らせるとローガンの手を握り締める。

それでようやく大人しくなった彼は、手当てを受けていた。

「ありがとう、アガサ。危険を顧みず、俺を助けてくれて」

「それが私の役割ですから。……でも、それ以上に貴方を喪うのは怖かった。助けられるなら、助けたい。その一心でした」

最初こそそういう契約だったから、あそこで動く理由があった。

でも今は、愛が原動力。

「あ、アガサさん！　団長を助けていただきありがとうございます！」

「本当に凄いです！　あの魔力渦巻く中、ひとりで果敢に助けに行くなんて！」

「団長～！　無事でよかったです！」

ふたりの周りを騎士たちが取り囲み、ローガンの無事を喜び、アガサの健闘を称《たた》える。

大勢の人に感謝され、無事を喜ばれるのは面映《おもは》ゆかった。

だが、それだけローガンが騎士団の中で人望が厚く、慕われているという証拠なのだろう。

なかなか騒ぎが収まらないので、ローガンが声をかけて皆を後片付けに向かわせた。

結界のおかげで被害は少ないが、念のために確認作業と、訓練場の片づけを中心に騎士たちも魔術師たちも動いている。

その後の報告でも目立った被害はなく、ローガン以外は無事なようだ。

「まさかこんなことになるとはな。やはりこの呪いは不安定でいつ何が起こるか分からない。……いろいろと身の振り方を考えなければならないかもしれないな」

それは暗に、団長の地位を退くという意味も含まれている。

何となく分かってしまって、アガサはひそかに唇を噛み締めた。

今回のことで、ローガンを危険視する人が出てくるかもしれない。

国を守る立場の騎士団長が、逆に被害をもたらすかもしれないと噂されれば、ローガンの立場もなくなってしまうだろう。

あとはヨゼフがどう判断するかだが。

「とにかく、今はお屋敷に帰りましょう？　もちろん、ちゃんと治療を終えたあとにですが」

たい。

「……あぁ、そうだな。君を抱き締めながらゆっくりと横になりたい」

余計なことは考えず、休んで、久しぶりに会えたことを喜んで、ふたりきりの時間を過ごしたい。

アガサは握っていた手を、ぎゅっと強く握り締めた。

魔力暴走の一件により、ローガンが竜の呪いを受けていることが瞬く間に噂になった。

ついでに、アガサと結婚したのも呪いに対処するためだという話も公にされ、体質のことも皆に知られているようだった。

ヨゼフからは治療に専念するようにと、数日は休養を取るように命じられたのみで、今後の進退についてなどの話はない。

もしかするとヨゼフの判断で、このまま退く可能性もあるだろうとローガン自身が言っていた。

先のことは分からないが、今はただアガサにできることは、ひたすら笑顔で彼の怪我が快癒するようにお手伝いをすることだ。

余計なことを考えずに、それだけに努めた。

それともうひとつ、アガサの身に困ったことが起こっている。

「貴女の話を聞いてぜひともその体質を調べさせていただきたいのです！　結界や攻撃魔法す

らも吸収してしまうその体質、貴重な魔力吸収体質の中でも最上級の検体……いえ！　稀《まれ》に見る体質！　隅々まで調べて世の中に役立てなければ！」

「いいえ、僕の研究にご協力を！　国防についての研究をしておりまして、どのように魔力を吸収し消失させるのかを調べて利用できないかと考えておりまして」

こうやって連日魔術師や研究者が屋敷に押し寄せて、アガサに体質について調べさせてほしいとお願いをしてくるのだ。

アガサの稀有な体質は、彼らからすれば涎《よだれ》が出るほど欲しいものらしい。

あっという間に噂は広がり、協力を求めて人が押し寄せてきた。

もちろん、アガサも役に立てるのであれば協力したい。

だが、今はローガンの側にいたいし、何より呪いを解くことに尽力したい。

それに彼らの話を聞いていると、まるで実験体になってほしいと言われているようで、密かに怯えていた。

「お断りだ。アガサをお前たちの実験体にさせるものか。帰れ」

そんなアガサの心を汲み取ってくれたのか、ローガンが盾になって彼らを追い返してくれている。

冷静に、だが低く凄むような声で門前払いをするので、皆怯えて去っていった。それでも諦めきれないのか、日を置いてやって来るのだが。

見舞いの品と訪問客。

静養したいと思っていても、なかなか難しい状況にいた。

「まったく、次から次へと……。アガサの身体を隅々まで調べたいなどとは、なんて不届きな連中なんだ」

ローガンはアガサを求める人たちがやって来るたびに不機嫌になる。

ふたりきりの時間を邪魔されてしまうことと、自分以外の人間がアガサを熱烈に求めているという状況が気に入らないみたいだ。

身体を調べられるというのも彼の癪《しゃく》に障るようで、誰にもアガサを触らせたくないと独占欲が前面に出てきてしまう。

訪問客が増えれば増えるほどに、それは増幅していくようだった。

今日も今日とて、朝からやってきた研究者を追い返した。

あの事件からもうすぐ半月。

まだまだふたりの周りは落ち着きを見せずにいた。

「バートランドに触れさせるのも、本当は我慢しているんだ。それなのに、どんな役に立つかも分からない研究のために、君がベタベタと触られるのは我慢できない」

おかげで屋敷にいる間、ずっとアガサから離れない。

ひっついて動き回っているような状況だった。

それは魔力を吸収するためというのもあるが、そうすることで日に日に増していく独占欲を満たしているのだろう。

自分のアガサだと必死になっているローガンを見ていると、可愛らしくて仕方がない。

「君という素晴らしい存在が周知されて、俺だけのものではなくなった気がして嫌だ。……俺自身が招いたことだが、本当に嫌だ」

こんなことを言われてしまうと、胸がきゅんきゅんとして苦しいくらいだ。

彼の頭をわしゃわしゃと掻き乱し、自分の胸の中に閉じ込めていつまでも撫でていたい。

そんな欲望と戦いながら、アガサは努めて冷静に答える。

「私も実験体になるのはごめんです。何をどうされるか分かりませんから。だから、そんなに心配しないでください。この騒ぎもそのうち収まりますでしょうし」

過度に気にする必要がないと宥めた。

アガサを腕の中に閉じ込め、後ろから抱き着き座っているローガンは大きな溜息を吐いてきた。

項垂れ、アガサの肩口に顔を埋めると、ぽつりと漏らす。

「……君は、俺から離れない。そうだろう?」

まるで、不安がる子どものような言葉にドキリとした。

「もちろんですよ。離れるわけありません。離れられませんよ」

「だが、君はあのとき怖かったんじゃないか？　……俺と一緒にいるのが、俺の側にいて魔力を吸い続けるのが怖くなってもおかしくない状況だった」

珍しく弱々しい声を出すローガンに、アガサは目を瞠《みは》り、彼が何に不安になっているのかを見極めように見つめる。

顔を伏せているので表情は見えないが、明らかに参っているようだった。

「俺自身、バートランドに話を聞いて覚悟はしていたし、君に背負わせるものの重さも理解できていた。でも、できていたつもりだっただけなのかと、あれを経て思い知った」

あの一件は、ローガンを追い詰めていた。

最初は平気な顔をしていたが、時が経つにつれて徐々に彼を蝕んでいったのかもしれない。

「ローガン様……」

「でも、君を手離したくない。絶対に絶対に、逃がしたくないし、他の男にくれてやるつもりもさらさらない。正直、君があんな状況でも俺から離れないと言ってくれたとき嬉しかったし、これからもそう思っていてほしいと思っている」

弱々しくなったかと思ったら、次には強かなことを言ってくる。

ローガンはこうでなくてはと、思わず吹き出しそうになった。

「こんな俺に君は呆れているかもしれないな」

「呆れません。ローガン様らしいと思いました」

即答すると、彼はしばし黙ったあとに「君は俺に甘いな」と呆れたような、でもどこか嬉しそうな声で呟いた。

「俺のエゴに君を縛り付ける。こんな俺を許してほしいし、俺のなけなしの理性が許さないでほしいとも言っている。正直悩ましい。だから、今は外野にうるさくされると、焦ってしまう」

アガサを獲《と》られたくない、アガサを手離したくない。

——でも、嫌われたくない。

ふたりで終始する世界にいられればいいのにという願いが溢れて止まない。

何よりもふたりでこれからも生きていくために一刻も早く呪いを解かなければならないのに、外野が煩わしい。

さらにアガサを実験体にしようとしているのも業腹だと。

ローガンは自分の気持ちを教えてくれた。

どうしようもないジレンマに苛まれるローガンに、何と言葉をかけたらいいのかと悩む。

欲しいのに、求めたら嫌われるかもしれないという葛藤は、アガサもよく分かる感情だ。

これを解決するためには、寄り添って言葉で、心で伝えていくしかない。

大丈夫だと。

ローガンがしてくれたように、率直な言葉で、素直な心で。

「ローガン様、私……」

「そうだ、アガサ。イチャイチャしよう」

「……はい？」

アガサも愛していると伝えようとしたところ、ローガンの突拍子もない言葉に一瞬固まってしまった。

「俺たちは出会ったときからイチャイチャしながら仲を深めていったし、互いを知っていった。そうだ、今俺たちに必要なのはイチャイチャだ」

「えぇと……たしかにそうですが……」

自分たちの歴史を紐解けばそう言えるかもしれない。

だが、悩みを解決するのに有効なのはイチャイチャだ、というのはなかなかないアイディアだ。

「遠征に出てから今まで、怪我もあって控えていたが、そのせいでこんなにも君を獲られたくない、独り占めしたいと欲が止まらなくなっているんだろう。イチャイチャで俺しか見られない君を感じれば、少しは大人しくなると思うのだが、どうだろう？」

どうだろうと聞かれればやぶさかではない。

もちろん、アガサだってただ引っ付くだけでいいとは思っていない。

離れていた分、命の危険があった分、ローガンを感じたいという欲があった。

「君が俺のものだと感じさせてくれ。身体で、心で、深く深く君を感じたい。――アガサを独り占めしたい」

うなじにキスをしながら、ローガンはアガサの身体に手を這わせ始めた。

右手は胸を下から持ち上げ、やわやわと感触を確かめて。

もう片方は腰の付け根を撫でつけて、際どいところに指先を滑らせては不埒な動きをしていた。

「……ン……こんな、ところで……ふぅ……ンんっ」

昼間のリビングでこんなことをしていいのか。

目元を赤く染め、後ろにいるローガンを振り返る。

「俺に夜まで待てと酷なことを言うつもりか？」

「……だとしても……ンっ……ここでは……」

使用人に見つかってしまうかもしれないと訴えるも、彼はどこ吹く風で「そうかもしれないな」と言うばかり。

「そう言いつつも、君は案外人に見つかってしまうかもしれない場所でイチャイチャすると、いつもよりもいい反応を見せてくれる。以前馬車でしたときのこと、覚えているか？」

あのとき、随分と敏感で、下着の上から触ってあげただけでも何度も達してしまっただろう？

ローガンは外耳を舐りながら囁いてきた。

「……ンぅ……そんなこと、私……」

そう口で言いつつも、身体の火照りが短時間に高まっていくのを感じていた。

触られるたびに感度が増して、言葉で責められるたびに身体が、心が発情していく。

秘所からとろりと蜜が零れてくるのを感じていた。

スカートの中に手が侵入してきて、脚の間に潜り込むのを感じて慌ててスカートの上から押さえ付けた。

「……あっ……やぁ！　待ってぇ……」

口ではそんなことないと言いながらも、秘所は濡れてしまっているなんて、そんなはしたないこと知られたくない。

そう思っているのに、結局暴かれてしまう。

ぬかるんだそこに指が侵入し、ぐちゅ……と卑猥な音を立てた。

「これで感じやすくないと言い張るつもりか？　アガサ」

「……ふ……ンんぅ……」

冗談だろう？　とローガンが笑ったような気がした。

「うぁ……あぁン……あぁ……いぁ……あっ……あっあぁ」

挿入された指を動かされ、膣壁を擦り上げられる。

指の腹で、肉襞《ひだ》の凹凸を均《なら》すように、グリグリと。

嘘を吐いたアガサへのお仕置きか、それともローガンも興奮しているのか。最初から容赦なく攻めてきた。

さかさず脚を閉じて与えられる快楽から逃げようとしたが、腰を抱き寄せられてローガンの膝の上に乗せられると、彼の脚で閉じられないようにされてしまった。

内側から脚を引っかけて開かれてしまったために、アガサも必然的に大きく脚を開くことになる。

「……いやっ……あっ……あぁン……はぁ……あっ」

動かしやすくなった指を更に奥に挿入《そうにゅう》してきたローガンは、同時に胸も弄り始めた。

前をはだけさせ、まろび出た乳房を鷲掴《わしづか》みにして好き勝手に揉みしだく。

次第に硬くしこってきた乳首を指で挟んでは擦り、摘まんだり、爪で引《ひ》っ掻《か》いたりしてきた。

両手の指先が器用に動き、上からも下からもアガサを気持ちよくしてくる。

そんなことをされたら、すぐに高みに昇ってしまうのは当然のことで。

アガサはローガンに限界を訴えながら快楽を弾けさせようとしていた。

ところが、指の動きが止められる。

どうして、と戸惑っていると、焦らすようにゆっくりと指を動かしてきた。

「達してしまったら、それこそ声が部屋の外に漏れるかもしれないな」

だから止めてあげたのだと微笑みながら言われたが、中途半端にされたこちらは堪ったものではなかった。

たしかに声が外に漏れてしまうのは困るが、持て余した熱を燻《くすぶ》らせたままでいるのも辛かった。

腰が揺れて、この熱をどうにかしてくれと強請る。

けれどもローガンはわざと気付かない振りをして、アガサの顎をクイっと上に持ち上げて上から覗き込んできた。

「ごめん、アガサ。君が俺におねだりするところが見たい」

「……おね……だり……？」

熱に浮かされた頭で考える。

何を？　どう？　と答えをせがむ視線を送ると、彼は顎の下を指先でくすぐってきた。

「分かるだろう……？」

ところがローガンは意地悪にもはっきりと言ってくれなくて、アガサ自身に答えを出してもらおうとしていた。

口ごもるも、ローガンは許してくれない。

「教えてくれ。俺にどうしてほしい？」

「うぅ……」

「発情した顔でいやらしいおねだりを俺にしてくれ。俺だけにしか見せない可愛い姿を、ここで見せてほしいんだ」

　ほら、と促すように喉元をくすぐられ、熱い息を吐く。

　震える唇を何度か閉じたり開いたりしたあと、アガサはようやく意を決する。

「……っ……イかせて……ください……ローガン様……」

　恥ずかしくて仕方がなかった。

　けれども、ローガンの愛がほしくて、もっと可愛がってほしくて懸命におねだりをした。

「イかせて、気持ちよくしてほしい？」

「……はい」

　膣の中の指が大きく円を描く。

「ここの中、ぐちゃぐちゃにかき回して、奥の奥まで可愛がっても？」

「……して、ください」

　望みを叶えるように指を根元まで潜り込ませると、グリグリと指の腹を押し付けてきた。

　媚肉が指を締め付けて、悦んでいる。

　もっともっととはしたなくおねだりをしていた。

「……指だけで、足りる？」

　アガサの身体はもう正直だった。

期待して、膣壁をうねらせて蜜を垂らす。

何より、アガサの顔がもうありありと訴えている。

──ローガン自身がほしいのだと。

「……足りません……ローガン様がいい……です」

彼が唾を呑み込む音が聞こえてきた。

「ンぁっ！　……あ……あぁ……ぅン……ん……ンん〜〜っ！」

性急に指を引き抜かれ、腰を持ち上げられるとそのまま一気に下から貫かれた。声を我慢しようと両手で口を塞いだが、どれほど効果があったか分からない。

我慢していた分、与えられた快楽は凄《すさ》まじく、アガサはさっそく果ててしまう。

「挿入れただけでイってしまうなんて……君はどれだけ可愛い姿を俺に見せてくれるんだ」

おかげでこちらも達してしまうところだったと、艶っぽい吐息交じりの声で囁かれた。

中で彼の屹立がまた一回り大きくなったのを感じる。

硬くて、熱くて、アガサを奥の奥まで犯すそれは、馴染ませるようにゆるやかに動かされていたが、徐々に大胆な動きになっていく。

膝を後ろから抱えられ、身体を上下に動かされる。

子宮口を突き上げられ、最奥をぐりぐりと抉られて。

アガサは二度目の絶頂を迎えた。

ビクビクと震える身体から屹立を抜かれたかと思ったら、そのままテーブルの上に押し倒される。

また後ろから貫かれて、余韻の波に揺蕩《たゆた》っていたアガサは、その衝撃でまた軽く達してしまった。

気持ちいいのが止まらない。

ローガンに突かれるたびに、中を擦られるたびに、彼の吐息がうなじにかかるたびに、アガサは甘い声を上げる。

一等感じる箇所を穂先で虐められるときゅうきゅうと屹立を締め付け、うなじに歯を立てられると全身を震わせてさらに中を締めた。

「……っ……ぁ……もう、イくっ」

「ひぁンっ！　……あぁ……あっ……あぁンっ」

一緒に絶頂を迎え、ローガンはアガサの最奥に精を注ぐ。

ドクドクと流れ込むそれを感じながら、余韻から抜け出せずにいると、身体をひっくり返されて顔を覗き込まれた。

「……君のこのいやらしい顔を知っているのが俺だけっていうのは、実に最高な気分だ。見るたびに独占欲が増していく。……魔力だけではなく俺の心を容赦なく持っていく、魔性の顔だな、アガサ」

汗ばんだ前髪を掻き上げ、ローガンは恍惚とした顔をする。

魔性はいったいどちらなのか。

アガサもまたローガンのその姿に心を奪われながら、彼の襟に手を伸ばす。

掴んでグイっと自分の方に引き寄せ、キスをした。

おかげで移動した先の寝室から翌朝まで出てこられず、アガサはローガンに甲斐甲斐《かいがい》しく世話をしてもらうことになる。

怪我はもう完治といってもいいほどによくなり、呪いの噂についてもいっときの盛り上がりからは下火になっている。

そろそろ頃合いだろうということでヨゼフにも復帰を申し出て、許可も得た。

あとはその日に向けての準備を着々と進めている。

療養中も毎日部下に報告書を持って来させて目を通していたが、今日は随分と険しい顔である書類を読んでいた。

仕事の邪魔をしてはいけないと思いつつも、その横顔が気になってお茶を差し出すついでに声をかけてみた。

「ずっと悩ましい顔をしておりますが、何かありましたか?」

もし話せない内容であれば無理に話さなくていい。

だが、アガサが相談に乗れるのであれば、一緒に悩みたい。

そう思って声をかけたのだが、ローガンはこちらを見て戸惑いの目を向けた。

さらに、読んでいた書類をこちらに渡してきたのだ。

「俺に呪いをかけた竜の調査報告書だ」

アガサは書類を受け取り、サッと目を通す。

ローガンは独自に竜の調査を進めていたようで、そこにはいつからあの竜が遺跡に棲《す》みついていたのか、そもそも人里に降り立つことがあまりない竜がなぜあんな遺跡にいたのか。それを調べていたようだ。

「あの竜は、契約であそこの遺跡にいたようだな」

彼の顔が苦々しいものに変わる。

もう千年以上も前の話になる。

当時あの辺り一帯を治めていた領主が、強欲にも自分が成した財を、自分が死んだあとも他人の手に渡らないように竜を捕まえ、門番として契約であそこに縛り付けた。

長い間、竜は契約に縛られ、どこにも行けずに千年近くを孤独に過ごす。

そして、時を経て宝物庫は遺跡と呼ばれるようになり、誰も近寄らない寂しい場所になった。

そこに遺跡がある意味を誰も知らない、竜が何故そこにいるのか知る人もいない。

近隣の町の人々は、ただ竜が勝手に棲みついたのだと勘違いしていた。

実際は人間のエゴに縛られ続けた、可哀想な竜だというのに。

そして寿命を迎え、病魔に苦しむ姿を見て、「竜が暴れ出した」と恐怖し、城に助けを求めた。

アガサはそれを騎士団が処理すべき案件だと上司に報告し、ローガンは竜を鎮めに赴くことになったのだ。

「……人間を憎んでいても、仕方がありませんね」

「竜の寿命は約千年と言われている。つまり、領主に捕らえられたときはまだ子どもだったのだろう。ほとんどの生を遺跡で孤独に過ごしたことになる」

千年の孤独。

考えるだけでも気が遠くなりそうだ。

最初は今際《いまわ》の際《きわ》に竜が腹いせに呪ったのだと思ったが、本当はそんな悲しい事実があった。竜にとったら一矢報いるつもりでローガンに噛み付いたのかもしれない。

「竜という生き物が何故人間に呪いをかけているのか。俺には分からない。だが、こいつは……俺の肩に噛み付いたこの竜のことは……憎みきれないな」

自分の左肩を撫で、寂しそうに呟く。

アガサのその手に自分の手を重ねて、竜の孤独を労わった。

「もし、バートランドの言う通り、この呪いに魂が込められているのだとしたら、俺はこいつの願いに耳を傾けてみたい。生い立ちを知った今、強く願うよ」

「私も手を貸してあげたいです。力になりたい」

アガサも以前は孤独だった。

家族はバラバラになりそうで、でもそれを必死に繋ぎとめようとして知らない場所に飛び込んでは孤独と戦い続けたのだ。

ローガンと出会えて、家族もようやく再生して、アガサもひとりでいることはなくなって、寂しいと心の中で叫ぶこともない。

こうなるきっかけを与えてくれたのは、この竜だ。

ローガンを呪いから解放してあげたいという思いと同時に、竜の魂も救いたいと願う気持ちも生まれてくる。

「バートランドの方でも呪いについて、何かしら成果をあげられそうだと聞いている。俺が復帰したら、また一緒にどうしていくか考えよう」

「はい」

その日は、ローガンの左肩にぴっとりと寄り添って眠りについた。

少しでも孤独が癒やされるように。

竜の想いが報われるようにと、願いを込めて。

「アガサの体質のことが広まって、私のところにも情報が届きやすくなった。もちろん、君の体質に関する情報と引き換えにだが」

ローガンが仕事に復帰したあと、改めてバートランドに城に呼び出された。

ローガンもその場にいてくれたのだが、彼のその言葉を聞くや否や顔を顰めている。

アガサを取引き材料にするのが気に食わない。

顔にはそうありありと書いてあった。

それでも多少の譲歩が必要だとはローガンも分かっている。アガサに確認しながら、一旦は話を進めることになった。

「ある国から竜の呪いは呪いとして形を成す魔力を失くしたら、崩壊していくのではないかと言われてな」

その方法は昔から提唱されていたが、この世界に生きる生物の中で、随一の魔力を有している竜の膨大な魔力を吸い取る方法が分からなかった。

魔力吸収体質の人間にこの方法を試してもらったのだが、吸い切れずに証明することができなかったようだ。

故に、人間には不可能と言われ続けてきたのだが、ここにきてアガサが現れた。

そう、これまでにないくらいの吸収力を見せたアガサが。

「古来呪いというのは、魔術のひとつだと考えられている。竜の呪いは魂そのものを生贄《いけにえ》に術式を描き、そこに魔力を込めて発動させる。魂を媒介にしているためにより強力でより難解というだけで、動力を絶てばただの魂と化し消えていくはずだ」

だから、アガサが呪いの魔力を吸い取り続ければいいのではないか、という理論だ。

「もちろん、ただ吸い取るだけではなく、魔力を魂から引っぺがす作業も必要だから、私の手も必要になっていく。それと、本当にアガサの身体が吸収しきれるか、という問題だな」

未知数という言葉は、いい意味でも悪い意味でも捉えられる。

平たく言えば、何が起こるか分からないということだ。

すべて吸い切って、呪いを無効化できるかもしれないし、吸い切れずに終わるかもしれない。

最悪なのは異常事態が起こってしまうことだろう。

「ちなみに、この方法を提案してくれた国の報告書によれば、魔力を吸い切れずに限界を迎えた吸収体質者は、その後長い間体調を崩し回復に時間がかかっている。中には体質がなくなった者も。どちらにせよ賭けだ」

それでもローガンの命を守るためにやる価値はあると思っているがどうだろうか。

バートランドに問われて、ふたりで顔を見合わせた。

もちろん、アガサにはその覚悟があるが、ひとりで決めてしまっていいことではない。

ローガンがどう考えているかも大事だった。

「バートランド、お前はアガサが魔力を吸い切れるほどの容量を有していると思うか？」

「思う。何せ、あの事件の直後にアガサを調べたら、彼女の中に魔力の欠片《かけら》も残っていなかった。あれほどの量を一瞬にしてのみ込んで消してしまっていた。あれは私の目から見ても常軌を逸している」

その体質は誇ってもいいくらいだと言われて、アガサは苦笑いをするしかなかった。

「決めるのは君たち自身だが、どちらにせよリスクは伴う」

アガサの健康を害すリスクを背負いながら呪いを解くか、対処療法で凌ぎながら過ごすか。

後者の方が安全だと思われるが、騎士団長を退かなければならなくなるだろう。

もしかすると、他国と同じように、呪いが解けないのであれば処刑しろという声が上がってくるかもしれない。

何よりローガンがそれを望むはずだ。

「もし、この呪いを解いたら、竜の魂はどうなる」

「さて、どうなるかな。消えるかもしれないし、呪いではなくただお前の身体に残り続けるかもしれない。それはやってみないことには分からないな」

それこそ誰も成しえていないことなのだ。

やってみなければ分からない要素は多分にある。

どうするかとローガンは思い悩み、答えを出すことに窮していた。

だからアガサが手を差し伸べる。

「もし、私の身を案じてくださっているのであれば、大丈夫です。体調を引き換えにして、ローガン様のお命を救えるのであれば構いません。生きるも死ぬも一緒と言いましたでしょう？」

ローガンは何かを言いかけて、苦しそうな顔をして結局閉ざした。

言葉にしたいけれどできない、言いたいけれど何をどう言っていいのか分からないといったところだろうか。

それでもギュッとアガサを抱き締めて、全身で気持ちを伝えてくれる。

力強くて、でも優しい抱擁は、彼の言葉を代弁してくれているようだった。

「一緒に生きましょう、ローガン様」

「……ありがとう」

「それに、もしも竜の孤独が呪いという形になって今あるのであれば、解放してあげたいです」

「そうだな。俺もそうしてあげたい」

「もしも、私の体調が悪くなったら、看病してくださいますか？」

「俺の一生をかけて君を支える。もう十分だと言われても、俺は絶対に君を離さないからな」

迷いはあるものの、やはり行き着く先は同じ答え。

呪いを解いて、ふたりで幸せに過ごしたい。

ただそれだけなのだ。

「気持ちは決まったか？」

バートランドに問われ、大きく頷いた。

「呪いを解きます」


実際に緊張して手先が冷えてしまっているアガサにとって、彼の冷静さ、気遣いはありがたかった。

手を繋ぎ合った隣で、ローガンがまったく緊張など見せない顔で微笑んできた。

「なかなか緊張するものだな」

大勢の人が自分たちを取り囲んで、注視している。

無数の目を前に、足が微《かす》かに震えている自分がいた。

今回の儀式には国内外の研究者、魔術師たちが集まって見届けたいという依頼が殺到し、まるで見世物のようになっていた。

魔術師や研究者というのは、探求心の塊のようだ。

どんな機会も逃さず、己の研究に役立てようとしていた。

だが、今後、呪いに苦しむ人たちの役に立てるのであればと、ローガンとアガサも見届け人の参加を承諾していた。

むしろ、これだけの人材がいるのであれば、何かあれば大勢で何とかしてくれるだろう。

ここまでくると一大イベントのようだ。

今回の儀式は、魔術師たちだけではなく、国民皆が関心を寄せる事態になっている。

ローガンが竜の呪いを解くという話は市井にまで広がっていて、皆が知るところになっていた。

反応は様々だ。

騎士たちのように応援してくれること、呪いを忌避して批判的な者、危険だと抗議する者とたくさんの意見が寄せられた。

そんな中でも敢行すると決めたのは、ヨゼフの命令があったからだ。

そこまでの覚悟があるのであれば、国が全面的に援助をしてやるから必ず成し遂げろと心強い言葉をくれた。

今日も儀式を見届けるためにやってきている。

「こちらの準備は整った。あとは君たちの心の準備が済んでいるかどうかだが……」

バートランドの問いに、ふたりで頷く。

「できています」

「俺たちも問題ない」

描かれた魔法陣の中に足を踏み入れた。

「私がアガサに触れ、吸収の手助けと監視をする。ローガンにも魔術師がひとりつき、そちらはそちらでローガン団長と竜の魂を切り離す作業をする」

中止の判断はバートランドが下す。

ふたりの命を最優先にし、無茶はしない。

あくまで今回は試験だと思ってくれればいい。

けれども成功させようと。

「諸々《もろもろ》の制御は私たちがやる。だから、君たちは気楽にしてくれているだけでいい」

さすがはこの国の魔術師団長だと、アガサは肩の力を抜いた。

「いくぞ」

バートランドがアガサの肩に触れ、魔力の吸収速度を速める。

いつもは魔力を吸い取っている感覚がないのだが、今回は触れているローガンの手から圧のようなものを感じている。

一気に吸い取ってしまわないと、次から次へと竜の魔力が回復してしまうために、速度が重要らしい。

ゆえに短時間で大量の魔力を吸い取るために、注意が必要だ。

「さらに速めるぞ」

アガサは頷き、ローガンはそんなアガサの手を強く握り締める。

苦しいのはローガンも同じようで、顔に苦悶の色を見せながらも、アガサと目が合うと不安にさせないようにニコリと微笑んでくれていた。

「大丈夫か、アガサ」

「はい。少し苦しいですけれど、まだいけます。ローガン様は？」

「俺も大丈夫だ」

そうは言えどもローガンの顔色がどんどんと悪くなっていく。

アガサもくらくらと眩暈を覚え、頭も痛くなってきた。

「まだ半分も吸っていない。この竜の魔力もまた底なしか」

バートランドの緊迫感が伝わってくる。

アガサの許容量と竜の魔力、どちらが勝るのか。

周りの人間はその勝負を、固唾をのんで見守っている。

せり上がってきた吐き気に耐えながら、アガサも必死に受け止めていた。

「そろそろ魔力を吸い切る！　切り離す準備をしろ！」

「はい！」

ローガンの左肩に手を置き、そのときを待っている魔術師は大きな声で返事をして、何かを詠唱し始めている。

（……もう少し）

そう思えば思うほどに時間が長く感じてしまう。

負荷が重くなればなるほどに、まだ続くのかとしんどさが増していった。

空気が上手く取り込めない。

魔力で身体の内側から圧をかけられているような感覚だ。

フッと意識が途切れがちになったとき、最後に大きな魔力の塊がアガサの中に入ったと思うとそれきり流れ込む魔力が途切れた。

「今だ！」

バートランドが叫ぶと、ローガンの解呪に入った。

ローガンの肩にある噛み痕が徐々に薄くなっていくのを見て、アガサはもう耐えきれずにその場に膝から崩れる。

バートランドが受け止めてくれ、アガサは床に座り込みながらローガンの様子を見つめていた。

噛み痕が完全に消えたのが見えた。

後ろでバートランドが「やったな」と呟いたのを見て、アガサはホッと安堵の溜息を吐いた。

「アガサ！」

解呪が終わったローガンがすぐさま駆け寄る。

「……ローガン様、やりましたね」

にこりと微笑むと痛いくらいに抱き締められた。

身元で何度も聞こえる「ありがとう」という声。

それと周りからの拍手の音。

本当に成し遂げたのだと、実感して抱き返した。

「ローガン団長!」

ところが、安心したもの束《つか》の間《ま》、バートランドが叫び出す。

アガサもハッと顔を上げると、ローガンの左肩から光の塊が現れて天井に飛んでいったのが見えた。

光は形を変え、竜の形を成していく。

「……あれは竜の魂か」

ローガンが目を見開きながら呟いたのを見て、アガサはそれを呆然と見上げた。

呪いの礎になっていたそれが魔力を失い、ローガンから引《ひ》き剥《は》がされ身体から飛び出てきたのだろう。

竜の魂は天井を旋回し、雄叫《おたけ》びを上げて荒《あら》ぶっていた。

周囲の人間は騒めき、驚き戸惑っている。

ヨゼフの身を守ろうと騎士たちが構え、魔術師たちは竜の魂を興味深そうに見つめていた。

「あれはどうなるんだ、バートランド」

「さぁ……分からん。何せこんな事態は初めてだ。無理矢理魂を引き剥がしたんだ、何が起こるかおそらく誰も予測できていないだろう。このまま消えてしまうかもしれないし、新たに呪いをかけるか」

いずれにせよ、魔力が枯渇している状態なので、今すぐに何ができるわけでもないだろうとバートランドは話してくれた。

（……消えてしまうかもしれないの？）

身勝手な人間に縛られて孤独に生を終えた竜を、よくよく弔うこともなくただ消すのかと思うと遣《や》る瀬《せ》ない。

もどかしい気持ちが溢れてくる。

すると、同じく竜の魂を見上げていたローガンがスッと手を上に伸ばした。

「竜よ！　もしもやり残したことがあり、なおも魂となって留まろうとしているのであれば俺が手を貸そう！」

だから、自分のところに来いとローガンは問いかけていた。

「もちろん、他に害をなすようなことはしてやれないが、お前が願うことをできるなら叶えてやりたい。お前が抱えた孤独に報いてやりたいんだ」

真っ直ぐに届く声。

真っ直ぐにぶつかる想い。

ローガンも、竜の不遇の生がこのまま終わってしまうことに引っ掛かりを覚えていたのだ。

どうなってしまうのか。

竜の魂を見上げながら動向を見守る。

すると、竜の魂は旋回を止め、ゆっくりと下降し始めた。

ローガンが伸ばした手の前に留まり、彼と見つめ合った。

「俺と一緒に来るか、竜よ」

優しい声が、想いが、竜に届くようにとアガサは心の中で必死に願った。

「……あ」

竜の魂がまた形を変えて、ローガンの手の上に乗る。

かぼちゃほどの大きさで、硬い殻に覆われた卵。

「……卵？」

発光をやめ現れたそれを見て、その場にいた人間は瞬いた。


バートランドやその場にいた魔術師、研究者曰く。

これは竜の卵であることに間違いがないこと。

おそらく、ローガンの身体の中で肉体を構築し続けていて、こうやって卵として再び生を得た状態ではないかというのが、彼らの見解だった。

「驚いたな。つまり、これは呪いではなく、同一の魂で再び生まれ変わるための竜の手段だったということだ」

人間を宿主にして魂を寄生させ、機が熟すまで宿主の中で肉体を形成する。

そして程よい時期に、こうやって卵となって現れるのだと。

だが、並の人間では竜の肉体を形成時に放出する魔力に耐えきれず、暴走し、そして周りを巻き込んで自滅したのではないかという仮説が成り立っていた。

今回、転生が上手くいったのはアガサに溢れ出る魔力を吸い取ってもらっていたこと、解呪の際にはもう肉体ができあがっていたためだろうと。

「何のために人間を宿主に……」

ローガンの疑問に、バートランドは「さぁな」と肩を竦めた。

「誰でも良かったのかもしれない。その辺の動物でも。たまたま今際の際にお前がいたから寄生したといったところか。それを我々は呪いと勘違いしていた」

竜は人知を超えた存在であるが故に、ここまでのことができる生き物だとも分からなかったのだという。

世紀の大発見だ！　とまるで子どものように興奮するバートランドはじめ魔術師たちを横目に、アガサとローガンは戸惑いの目を向け合う。

「……つまり、人間を憎んでいたわけではなく、生まれ変わってやり直したかった、ということでしょうか」

「さぁ、どうだろうな。もしかするとそのつもりで転生したのかもしれないし、魔力の暴走を招いて滅ぼそうとしていたのかもしれない」

それは竜に聞いてみないことには分からないだろう。

だが、とローガンは微笑む。

「俺たちで竜に教えてあげないか。もうお前はひとりではないと。一緒にいて、以前は得られなかった経験を一緒にしていって、楽しませてやりたい」

「そうですね。いうなれば、ローガン様の子どものようなものですものね」

「君も一緒に育んだ子どもってことだな」

竜をローガンの子どもとするのであれば、アガサもまたその生命を育むのに必要不可欠な存在だった。

ふたりの子どもと言っても過言ではない。

バートランドたちは竜の卵を預かりたがったが、ローガンがそれを頑として断った。

「俺が面倒を見ると竜の魂に約束したんだ。アガサとふたりで育てる」

それにヨゼフも許可を出し、一緒に屋敷に連れて帰った。

「バートランド団長が言うには、竜の卵が孵《かえ》るのは約百日かかるそうです。鳥の卵のように温める必要はないようですが、大事に育ててやってくれと言われました」

自分で育てられないのが相当悔しかったのだろう。涙を滲ませながら、バートランドはいろいろと説明してくれた。

きっと愛情を注げば、すくすくと育ってくれるだろうと。

竜は人間の言葉を理解し、時には人語を操る。

警戒心が強く誇り高いが、仲間に対しては愛情深い。そうであるが故に、繊細で傷つきやすい部分もあるのだと。

きっといい家族になってくれるだろう。

バートランドの言葉が、アガサにさらなる期待を持たせた。

早くその殻を破って顔を見せてくれる日が待ち遠しい。

ふかふかのクッションの上に置いて、ずっと卵を眺めていた。

「いつまでも卵を見ていないで、今日はもう眠った方がいい。相当疲れただろう」

ベッドに横たわるアガサの隣に身体を滑り込ませたローガンは、こめかみにキスをしてくる。

毛布を肩までかけてくれて、早めに寝るようにと促してきた。

「でも、なんだか今日のできごとが信じられなくて。本当に呪いが解けたんだということと……もうローガン様の魔力を吸うことはできないんだということが……実感が湧かなくて」

本当にそうなのかと、卵を見ても疑ってしまう自分がいた。

「アガサ……」

ローガンが頬にもキスをくれて、抱き締めてくれる。

もうこうされても、アガサの身体は彼の魔力を吸収することはなくなってしまった。

バートランドが言っていた、限界まで魔力を吸収した副作用。

アガサの場合、体調を崩したりなどはなかったものの、体質自体が消えていた。

それは儀式直後のバートランドの検査で発覚したことだが、触れてもまったく魔力を吸収していないと言われたのだ。

これは一時的かもしれないし、一生かもしれない。

おそらく竜の魔力を吸い取ったときに、アガサの中にある魔力をいっとき溜め置く器のようなものが壊れてしまい、吸い取る力もなくなってしまったのではないかと。

器が修復すれば体質も戻るが、修復できない場合もある。どうなるかは時が経たないと分からないのだと説明された。

つまり、アガサはただの人間になってしまった。

もうローガンの身体から魔力が溢れることもないので、必要のない体質になった。

けれども、これまでこの体質でローガンを救ってきたのだ、なくなったと聞いてどこか心許《こころもと》ない。

もし、何かあればどうやってローガンの役に立てばいいのだろう。

「私がこれからローガン様のためにできることは、お側にいて妻として支えることと、ありったけの愛を届けることだけです」

けれども、アガサは悲観的にはならない。

これまで何かを失ったとしても。自分ができることを見つけて道を切り開いてきたのだから。

「愛している、アガサ」

「私も愛しております」

これからもアガサはこの愛を貫き、ローガンのためにできることを模索していくだけだ。

ローガンは後ろから強く抱きしめてくる。

「今、君のことがとても愛おしくて、このまま抱いてしまいたくて仕方がない！　……が、今日はさすがに自重する。無体はしたくない」

「私も抱いてほしいですが、ローガン様のお身体も心配なので止めておきましょう」

気持ちが盛り上がっているし、ここで止めてしまうのは残念だが身体も大事だ。

アガサの心配ばかりしているが、ローガンだって今日は無茶をしたのだ、少しは休まなければ。

「君は俺のことばかりだ」

「それはこちらの台詞《せりふ》です。ローガン様は私の心配ばかり」

お互い様でしょう？　と返すと、彼はプッと笑いだす。

「君のおかげで俺は今もなお生きていられる。竜という新たな家族も得られたし、凄く幸せだ。これからも君といる限り幸せは増えていくんだろうな」

アガサが自分の腕の中にいて存在してくれるだけで嬉しいとローガンは教えてくれた。

「あの、やっぱり卵も一緒に眠ってもいいですか？」

「もちろん。ふたりで温めてあげよう」

ここにいるよと教えるように。

これからは家族だよと伝えるように。

ふたりと一匹で深い眠りについた。


「奥様、こちらの本はどうしますか？」

「もう届いたのね。そうね……すぐに目を通したいから、そこに置いてくれるかしら」

使用人が持ってきてくれた本を見て、アガサは自分の近くに置いてもらえるようにお願いをした。

すでに山のように積み上がっているそれの上に置かれた本を見て、まだまだ学ぶことはたくさんありそうだと、腕を上げて伸びをした。

「部屋が本で埋まってしまいそうですね。まだまだ届くのですか？」

「おそらくこれでおしまいのはずよ。私も目を通すだけで精一杯だから、ここにあるものを読んで必要だったらまた探すつもりなの」

とりあえずここにあるものを片付けなければいけないだろう。

竜を育てるにあたって、勉強が必要だと感じたアガサは竜の生態について書かれている本をかき集めている最中だ。

何を与えればいいのか、どんなことに注意すればいいのか、必要なものは何なのか。

人間の赤ちゃんとは違うだろうし、竜の幼体について知っている人も少ない。

適当に育てるなんてことはできないと、率先して今ある情報を必死に集めていた。

どうにか竜が孵化《ふか》するまでには、ある程度の知識を頭の中に叩《たた》き込んでおきたい。

ローガンが帰ってきたら情報を共有し、彼もまた日中に得られた情報があれば共有するということをしていた。

バートランドにも直接教えを乞うているようで、アガサ以上に熱心だ。

ふたりで竜について話すのも楽しかった。

それにしても竜というのは調べれば調べるほどに興味深い。

見つかった巣からどんな生活をしているかを考察している文献や、足跡や糞《ふん》から想起できる過ごし方、竜の種類の分類や鱗に関する研究まで多岐に亘っていた。

だが、それぞれ文献内で主張することが違う。

いずれも痕跡を辿《たど》っての仮説でしかないからだろう。

竜を卵から育てた人が、調べた限りまだいないので、竜の生態という面ではアガサとローガンが最初に知ることになりそうだ。

これまで趣味という趣味をあまり持っていないアガサだったが、ここ最近では竜について調べることが趣味に近いものになっている。

うちの子だと分かるようにと、リボンに紋章の刺繍を縫い込んでみたり、毎日卵に向かって話しかけたりと、毎夜一緒に寝たりもしていた。

「竜の子どもでこんなにも熱心なのですから、旦那様との子どもが生まれたら、それこそ本がいくらあっても足りなくなりそうですね」

メイド長に言われて、ハタとする。

自分の腹に手を当てて、いつかここにふたりの愛の証ができるのかと感慨深くなった。

(ローガン様の子ども……絶対に可愛いわ)

ふたりで可愛がるだろうし、溺愛するだろう。

男の子でも女の子でも、どちらでも可愛いことは間違いないし、きっとお腹にいる間も早く会いたくて堪らなくなるのだろう。

いつか、ふたりの子どもを持ちたい。

子どものために刺繍をしてあげたいし、パパはこの国の騎士団長で凄く強くてかっこいいのだと教えてあげたい。

「そうね。きっとお屋敷中に本が溢れ返ってしまうわね」

そのときには竜も卵から孵っていることだろう。

家族が増えることを喜んでくれるかしら？　と側にあった卵を撫でた。

「あら？　玄関の方が騒がしいですね」

メイド長がふと扉の方を見て、怪訝な顔をする。

アガサも耳を澄ませてみると、たしかに家令がいつもより大きな声を出しているのが聞こえてきた。

同時に聞こえてきたのは、誰かの張り上げる声。

「奥様」

メイド長が咄嗟に危険を察知したのか、アガサを庇《かば》うように寄り添った。

こちらに向かってくる複数人の足音が聞こえてきて、いよいよ身体を強張《こわば》らせて息を呑んだ。

（……なに？）

「ん～？　ここかぁ？」

声が部屋の前まで近づいてきて、アガサはゾッとした。

聞き覚えがある声。

アガサはスッと椅子から立ち上がり、咄嗟に竜の卵をスカートの中に隠した。

両開きの扉を開け放ち、ゆっくりと部屋の中に入ってくる人物。

「……スピーシーズ局長。随分と荒々しい訪問ではありませんか？」

またダスティンがアガサの前に現れたのだ。

「アガサ、久しいなぁ。随分と女主人らしくなったものだ」

「このお屋敷の留守を預かるのが私の役目ですので。それで本日は何用でしょうか」

ここまでしたのだ、それ相応の用があってのことだろうと睨み付けた。

すると、ダスティンは勝気な顔で笑い、部下たちに顎で指示する。

ある者は部屋にいた使用人たちを拘束し、ある者は懐から紙を取り出してアガサに見せてきた。

「……調査依頼書」

紙に書いてある文字を見て、アガサは目を瞠る。

それを意味するところを嫌というほど知っているからだ。

つまり、ダスティンは魔法省の依頼を受けて、調査のためにここに来たと言いたいのだ。

この家で異常が起こっており、それを誰かが不安視して魔法省に調査を依頼したということになる。

警邏隊が動いたのは、騎士団が動くまでもない、一般的な異変報告だったからだろう。

どんな報告かは分からないが、嫌な予感しかしなかった。

「この屋敷に危険な生物が飼われているとの話があってな。それを調査しろとの魔法省からのお達しだ。もしもそれを危険と判断した場合、回収することになる」

危険な生物。

一般的にそう指し示されてしまうものは、卵しか思い当たらなかった。

「もちろん、それを隠し持っていた者にも、それ相応の罰が必要になってくる」

アガサを見るダスティンの目が怪しく光る。

(……卵は口実ね)

前回、顔を合わせたときにローガンにまんまとしてやられたのを根に持っているのだろう。

その憂さを晴らすために、卵という体のいい口実を使って嫌がらせに来たに違いない。

相変わらず面倒で姑息《こそく》な男だと、呆れてしまった。

けれども、アガサはダスティンが持って来た調査依頼書の力を知っている。

基本的にあれを提示されれば、大人しく調査に協力しなければならない。そのくらいの強制力があるのだ。

もちろん、抵抗すれば逮捕されて罰を受けることになる。

アガサにできることは、卵を隠し通し、諦めて帰ってもらうことだけだった。

「どこだぁ?　その危険な生き物ってのは、どこなんだぁ?」

そう言いながら、ダスティンは好き勝手に部屋の中を荒らしていく。

花瓶を割り、テーブルや椅子を倒し、チェストの中身を引き出していた。

（……どうしよう……隠し通さないと……）

たとえ卵が口実だったとしても、ダスティンに見つかれば回収されてしまうだろう。

アガサやローガンが悲しむのが分かっていて、そういうことを平気でしてくる男だと分かっていた。

スカートの中で両足の間に挟むような形で隠しているが、果たしてどれくらいの時間を稼げるだろうか。それとも最後まで隠し通せるか。

助けを呼ぶにも、屋敷中の人間が警邏隊の人間に拘束されている。

ちらりと窓の外を見ても、門のところにも部下を配置していて、誰も外に出られないようにしていた。

助けを呼べない。

なら、このままやり過ごすしかない。

「どこだ？　どこだ？　どこだぁ？」

捜索を部下に任せず、ダスティンだけが行っている。

実に愉快そうに、手当たり次第に物を壊しながら。

アガサたちの家を、安息の場所をダスティンの手によって荒らされていく。

リビングを出て厨房《ちゅうぼう》で暴れている。

使用人の悲鳴が聞こえてきて、グッと拳を握り締めた。

「スピーシーズ局長！　屋敷内をいくら探しても構いませんが、屋敷の者を脅したり危害を加えるのはおやめください！　そうでなければ魔法省に過剰捜査として後ほど異議申し立てをいたします！」

せめて使用人たちだけはしっかり守らなければと声を張り上げる。

異議申し立てとなれば、ダスティンも面倒なことになると分かっているのだろう。そしてアガサが本当にそうする人間だとも分かっている。

だから盛大な舌打ちをしながら「分かったよ」と答えていた。

ダスティンの捜索は二階にまで及び、廊下まで聞こえてくる騒音を聞きながら、早く終わってほしいと願っていた。

一通り捜索したあとに戻ってきたダスティンは、アガサの前に立ち凄んでくる。

「竜の卵はどこだ。隠しているんだろう？　出せよ」

「出せません」

「王都に住む人間が不安がっているんだよ！　危険な生物が近くにいると安心して暮らせないとな！」

「そうだとしても、まだ卵です！　卵の状態で何ができますか！」

「知るか！　危険なものは危険じゃないうちに処分するんだよ！」

竜の卵など何が起こるか分かったものじゃない。

そう決めつけて、ダスティンは非難してきた。

たしかにアガサもそう思っていたときもあった。呪いをかける怖い存在だと。

けれども、今はそれは人間の勝手な思い込みだと知っている。

虐げることなく、愛情を持って触れ合えば怖くはないはずだ。

アガサはそれをこの卵を育てることで証明しようとしていた。

「出せ！」

「調査なのだから、ご自分で調査して探し当ててみたらどうです」

「協力的じゃないと逮捕されてしまうのはお前だぞ」

「横暴だと異議申し立てを出されるのは貴方ですよ、スピーシーズ局長」

大切なものを守るために、アガサは怯まずに対峙する。

「以前のようにローガンは助けてくれないぞ」

「分かっています」

そうだとしても、しおらしくダスティンの言うことを聞くわけにはいかない。

でき得る限りのことをするしかなかった。

ジリジリと睨《にら》み合《あ》い、無言の時間が続く。

だが、有利なのはダスティンの方だ。

笑みを浮かべ、こちらから行動を起こすのを待っている。それほどまでに余裕があるということだ。

この膠着状態がいつまで続くのか。

緊張で息を呑んだ。

――来たよ。

不意に頭の中に声が流れ込む。

（……何？　今の声）

どこからしたのか分からない。

アガサにしか聞こえていないようで、誰もあの声に反応している人はいなかった。

だが、すぐに声が何を示唆したのかが分かる。

悲鳴と馬のいななきが聞こえてきて、窓の外に視線を送ると、門を見張っている警邏隊員が驚きの声を上げているところだった。

そして、彼らの頭上を何かが過ぎ去る。

それが馬に乗ったローガンだと理解するまで時間がかかった。

「ローガン様！」

「な！　何であいつがここに来るんだ！」

アガサの歓喜の声と、ダスティンの戸惑いの声が重なる。

ローガンは屋敷の前で馬から降りると、警邏隊員の制止を難なく振り切り、こちらまでやってきた。

「……ダスティン」

もちろん怒り心頭のローガンは、ダスティンを睨み付けながら近づいてきた。

「どういうつもりで我が屋敷に足を運んだのかは安易に予想できるが、許しがたい所業だぞ、これは」

「何が許しがたいだ！　私はちゃんと依頼を受けてここに来たんだ！　正式な手続きを踏んでな！」

調査依頼書を部下からひったくり、ローガンの目の前に突き出す。

彼はそれを手に取り、眉を顰めながら目を通した。

「……危険生物？」

「そうだ。ここにあると言われている竜の卵を危険視した近隣住民の依頼だ」

これでも文句があるのかと、ダスティンは鼻で笑ってくる。

自分たちはちゃんと大義名分があってここにやってきた。これを覆すことはできないだろうと、やけに自信満々だった。

「なるほどな」

ローガンはくしゃりと依頼書を手の中で握り締め、納得した言葉を口にする。

まさかこのままダスティンの好きにさせてしまうのかとドキリとした。

だが、ローガンはそんな気はさらさらないらしく、依頼書をぐしゃぐしゃと丸め込む。

「竜の卵は俺の管理下に置いていいと陛下の許可を得ている。バートランド魔術師団長にも卵の内は危険なことはないだろう言われているが、万が一のことを考えて屋敷の周りに結果を張ってもらっている」

ダスティンの顔色がサッと変わる。

彼はそこまでの事情は知らなかったのだろう。

「この依頼書は、陛下の決定を覆すほどのものなのか?」

そんなはずはないだろう？　とローガンはダスティンを問い詰めた。

すると、彼は慌てふためきながら言い訳をする。

「わ、私はただ依頼を受けただけだ！　その通りにしたまでのこと！　文句ならば魔法省に言え！」

責任転嫁をして逃げようとしていた。

「だとしても、よくよくそういった事情を調べもせずに屋敷にやってきて、ここまで荒らす理由にはならないはずだ」

「……た、卵がどこにあるか分からなくて」

「随分と探すのが下手なようだな、お前は。……それとも、故意か?」

ダスティンの身体がぎくりと震えた。

「……悪かったよ……部下に片付けさせるからここは……」

「当然だ。ちゃんとすべて直してもらう。だが、お前は俺と一緒に来てもらおう」

ローガンはダスティンの首根っこを掴まえて、ズルズルと引きずっていく。

「どこに連れて行くつもりだ！」

「もちろん、今回のことを魔法省大臣に異議申し立てと、今回調査に至るまでの経緯を精査するためだ。これも正式な手続きを踏むんだ、文句はあるまい。それを踏まえての調査なんだろう？」

大臣に直接異議申し立てをされ、もしもそれが受理されてしまえば、ダスティンの立場は危うくなるだろう。

国王陛下が許可を出している案件に対し、土足で踏み荒らしたのだから何かしらのお叱りがあるのは間違いなかった。

「アガサ、君は大丈夫か？　問題ないか？」

逃げようとするダスティンを小脇に抱えたままローガンが聞いてくるので、アガサは大きく頷いた。

あまりにもその光景が面白くて、吹き出しそうになる。

「こちらは大丈夫です。……ですが、どうしてここに？」

本来なら仕事をしている時間だ。

屋敷に帰ってくることがないはずなのに、どうして駆け付けられたのか。

疑問をぶつけると、ローガンはくすりと微笑む。

「頭の中に声が聞こえてきたんだ。アガサが危ないと。おそらく竜だな。あいつが教えてくれたんだ」

（……あ……ということは、あの声は）

来るよ、と教えてくれた声は竜のものだったのだ。

助けを呼んだから、もうすぐ来るよと。

卵のままであっても、力を貸してくれたのだろう。

ローガンがダスティンを屋敷から引きずり出し、警邏隊員が気まずそうに片付けをはじめた頃に、スカートから卵を取り出した。

ぎゅっと抱き締めて、何度も撫でる。

「貴方が助けてくれたのね。本当にありがとう」

やっぱり、竜は怖いだけの生き物ではない。

バートランドの言う通り、愛情深い。

片付けが終わる間、アガサはずっと腕に抱き締めて撫で続けた。

「おかえりなさい」

屋敷に帰ってきたローガンを、卵を抱えたまま出迎える。

彼はいつものように両手を広げて待ってくれて。アガサは胸の中に身体を寄せた。

「ただいま」

ギュッと抱き締められつむじにキスをされる。

ローガンは卵にもキスをすると、再び強く抱きしめてくれた。

「今日はお疲れさまでした」

「君も災難だったな。まさか、ダスティンの奴がいまだに君を諦めていなかったとは……」

「いえ、きっとローガン様のことが諦めきれなかったのですよ。ライバル視しておりましたし」

ずっと根に持っているようだったので、あのままでは引き下がれなかったのだろう。

そう思って言ったのだが、「ん？」と不思議そうな顔をされた。

アガサも「え？」と首を傾げた。

しばらく互いが言っている意味が分からずにいたが、まぁそこまで追求することでもないだろうとローガンが言う。

「あのあと、魔法省に行き、何故あの調査依頼が受理されたのかを調べたら、どうやらダスティンがでっち上げた虚偽報告だったようだ」

「え！」

そんなことまでしていたのかと驚いて、思わず声を上げてしまった。

ローガン曰く、ダスティンは魔法省の窓口担当——アガサの後任の人間を金で抱き込んで、苦情が出たように見せかけた書類を作成させた。

アガサの元上司だった人間にも上手いことを言って、それを承認させたらしい。

まだ確定したわけではないが、賄賂を貰《もら》っていたのではないかとローガンは睨んでいるという。

果たして、ローガンの屋敷に乗り込む大義名分を手に入れたダスティンは、意気揚々とやってきた。

これまでの腹いせに屋敷中を荒らし、上手くいけば竜の卵を回収してしまうつもりだった。

ヨゼフの許可が下りているのも知らずに。

「不正を魔法省大臣に報告し、今回の調査についても正式に異議申し立てをした。今度はダスティンが調査されることになるだろう。他にもあいつが不正をしている証拠をたくさん見つけてやったからな。もう大手を振って歩けまい」

とても爽やかな笑顔ではあるが、言っていることが怖い。

他にも、と言っただろうか。

「……あの、ローガン様?」

恐る恐る聞くと、彼は前回のダスティンとの一件から、準備を進めていたらしい。

「君の話を聞いて、今さら過去の君を守ってやることはできないが、未来なら守ってやれるからな。またちょっかいをかけてきたときに、容赦なく潰せるようにしておいたんだ」

備えというのは大事だな。

その言葉に、ローガンの本気を見た気がした。

「それにアガサのことばかりか、こいつのことも狙ったんだ。それ相応の罰を受けてもらわないとな」

卵を撫でつけている姿を見ると、家族の姿を見ているような気持ちになる。

アガサたちを助けてくれたということは、竜も家族と思ってくれているのかもしれない。

きゅう……とアガサの胸が切なくなる。

昼間に言われた「子どもができたら」という言葉を思い出してしまったのだ。

ローガンもまた、そう思ってくれているのだろうか。

気になって仕方がない。

「あ、あの……メイド長さんに言われたのですが、私たちに子どもができたら、今以上に勉強して、物凄《ものすご》く可愛がりそうだって……」

「たしかにそうだな。こいつのことですら、俺たちてんやわんやしている。きっと子どもがそこに加われば一匹と一人だ。俺も仕事どころじゃなくなるだろうな」

毎日、仕事をさっさと終わらせて早く帰ってきそうだと、ローガンは笑っていた。

それを見て、彼ならそうしそうだと頭の中で想像する。

幸せな想像に胸が弾む。

こんなことを聞くのは少し気恥ずかしい。

けれども、アガサには大切なことで、どうしても気になってしまうことでもあった。

近くにいる家令に気を遣い、ローガンの耳元に口を寄せた。

「……ローガン様は、子どもは欲しいですか?」

その瞬間、彼の目がカッと大きく開かれる。

持っていた卵はローガンによって家令に手渡され、アガサ自身も彼も抱き上げられてしまう。

ふたりで寝室に駆け込み、ベッドにもつれ込む。

いつか見た光景……と思い顔を上げると、そこには目を輝かせたローガンがいた。

「もちろん! もちろん欲しい! 君との子どもがいつか欲しいと願っていた! が! 君から言ってくれるなんて、今日はやはりいい日で終わりそうだ」

今朝のオレンジはとても美味しかったので、いい日になると思っていた。ところが、ダスティンのせいで散々な日だと肩を落としていたところだったとつらつらと話してくれる。

「いつか、俺たちに可愛らしい子どもがやってきてくれたら、全力で君たちを守り愛し抜く。アガサ、君は俺の宝だ。家族は宝だ」

顔じゅうにキスの雨を降らしながら喜んでくれている。

アガサも、想いは一緒だと分かってホッとした。

ローガンの服の袖をちょんと摘まんで、クイっと引っ張る。

「……そ、それでは、今から……子どもづくりに挑戦するのは……どうでしょう？」

顔を伏せながらだが、どうにかこうにか勇気を振り絞り切り出してみた。

すると、ローガンは目を大きく見開いたまま顔を近づけてくる。

「今日はご褒美が多すぎないか？」

「ご、ご褒美なのでしょうか？」

「君がこんな大胆かつ俺が喜ぶようなことを言ってくれているんだ。ご褒美以外何ものでもないだろう」

興奮し、熱くなってきたのか、ローガンは上着を脱ぎ、床に投げ捨てた。

「つくろう、アガサ。今日もたっぷりと君の中に俺の子種を注ぐから、一滴も漏らさず受け取ってくれ」

赤く染まった目元、荒い吐息、掠れた声、おびただしいほどの色気。

飢えた獣じみた目を向けられて、さすがのアガサもごくりと息を呑んだ。

キスをしながらドレスの胸元のボタンを外され、柔らかな乳房がまろび出る。

彼はそれをやわやわと揉みしだき、つんと尖《とが》り始めた頂を指先で弾いては可愛がってきた。

「はぁンっ……ぅあっ……あぁ……はぁ……あぁン……っ」

腰が自然と揺れる。

じくじくと秘所が熱れ、熱を帯び始めている。

乳首を弄られれば弄られるほどに、下腹部も呼応し蜜を零す。

はぁ……はぁ……と吐息も熱くなり、アガサのすべてがあっという間に高みに上げられていた。

乳暈ごと口に含まれ、舌で舐《な》め回《まわ》される。

舌全体を使ってくまなく擦られると甘やかな声が出て、きつく吸われると肌の下を快楽が伝っていった。

柔肉に歯を立てられるだけでも気持ちよくて、ローガンが飢えた目でこちらを見つめるだけで達してしまいそうになる。

自分でも自覚している。

いつもよりも敏感になっていることを。

きっと、ローガンが家族をつくろうと言ってくれたことが嬉しかったのだ。

身体だけではなく心も高揚して、互いを求める感情が溢れて止まらない。

「……旦那、さまぁ……」

思わず強請るような声を出すと、ローガンは口をみぞおちから臍《へそ》に滑らせていった。

アガサのスカートの中に潜り込むと下着を擦り下ろし、秘所に舌を差し込んできた。

にゅるにゅるとした肉厚で柔らかなそれが蜜口を擦り、肉芽も刺激する。

スカートが邪魔をして、何をされているか感覚でしか分からない。

だが、その分、与えられる刺激をより一層敏感に受け取ってしまっていた。

気持ちよくて腰が浮いてしまう。

零れる蜜の量もいつもより多い気がして、自分の股がぐしょぐしょに濡れている。

同時に下腹部に快楽が集まって、すぐにでも弾けようとしていた。

「……ん……はぁっ……あぅっ！　あ……ダメ……ダメダメ……吸うの、強い……ひぁっ……強くてすぐにイっちゃうからぁっ！」

そんな最初から飛ばすようなことをされたら、あっという間に果ててしまう。

肉芽に強く吸い付かれて、アガサはいやいやと首を横に振った。

「イってしまえ。存分にイって、今宵《こよい》も君の可愛い姿を見せてくれ」

むしろそうしたいのだと、ローガンはじゅう……ときつく吸ってきて最後に軽く歯を立ててきた。

「はぁっあぁンっ！　……あぁ……はぁ……ん……」

ローガンの願い通りに達してしまったアガサは、咽喉を反らし、シーツを握り締めながら余韻に喘ぐ。

そんな中、スカートから顔を出したローガンは、今度は指を挿入れてきた。

に啼いた。

思考や理性を奪ってしまう猛毒のようなもので、もう羞恥も忘れて快楽にうながされるまま
昂《たかぶ》った身体に新たな刺激は毒だ。

「ひぁンっ」

ぐちゅ、ぐちゅと確かめるように動く指は、弧を描いて押し広げる。

「少し弄っただけで柔らかくなっている。随分と淫らな身体になったな、アガサ。ほら、俺の指を締め付けて誘ってすらいる」

指の付け根まで奥に差し込むと、弱いところを指の腹でグリグリと押し付けてきた。

乱れるアガサの顔を愛おしそうに見つめる彼は、さらに指を小刻みに動かす。

「やぁっ！　あっあっ……！」

「俺がここまで淫らに変えた」

執拗にそこを攻め込まれ、容赦なく快楽を叩き込まれて。膣壁がうねり、指を悦んでしゃぶっているのが分かる。

突き上げられる感覚に止まらないものを感じ、四肢に力を入れた。

「俺が君に触れるたびに、俺だけのアガサになっていくんだ」

達してしまう寸前、指を引き抜かれ、代わりにローガンのそそり立った屹立を最奥まで一気に挿入してきた。

「……あっ……ぅあ……はぁ……あっあぁっ！」

衝撃で再び達してしまったが、ローガンはアガサが絶頂した姿を見て嬉しそうに微笑む。

興奮して強く腰を打ち付けて、容赦なくアガサを攻めてきた。

奥の奥まで穿たれて暴かれて、もうこれ以上あげられるものはないというのに、もっともっとと強請られて。

激しいくらいの愛は、いつだってアガサを戸惑わせてきた。

でも嬉しくて。

泣いてしまいたくなるほどに嬉しくて。

こんな幸せを貰っていいのだろうかと思うときもある。

そのたびに、ローガンが大きな愛で包み込んできては「いいんだよ」と優しく教えてくれる。

誰かを信じる恐怖を喜びが上書きして、アガサの世界は変化した。

きっとこれからも変わっていくのだろう。

どんどんと色鮮やかで輝くものになっていく。

竜が卵から孵って、ローガンとの子どもが生まれて。

家族が増えて、「あぁ、幸せだ」と毎日噛み締められるような豊かな人生になる。

それは予感ではなく確信に近いものがあった。

「……好き……ローガン様」

昔は怖くて言えなかった言葉をこんなにも躊躇いなく言える今の自分が好きで、そうさせてくれたローガンを愛している。

「……好き……好き……」

何度言っても言い足りないほどに。

どこまでも深く強く、繋がり決して離れない。

「……本当……今日は褒美が過ぎるぞ、アガサ。そんなに言われたら……っ……もうイってしまうっ」

「……ひぅ……あっ……出して……出してくださ……あぁっ！　……あぁン……うぁ……」

ともに絶頂し、ローガンの子種がアガサの中に注ぎ込まれる。

それから何度も何度も求められ、穿たれて、注がれて、――愛されて、愛し合って。

契約結婚で始まったはずが、真実の愛で結ばれるふたりになった。

終章

「多分これが美味しいと思うわ」

「じゃあ、本当かどうか飲んでからのお楽しみね」

アガサは小さな手からオレンジを受け取る。

厨房の人間にこれを搾ってほしいとお願いをしていると、クイっとスカートが引っ張られる。

「ねえ、お母様。お父様とフィルとアンゼルムは？　一緒にオレンジジュース飲みたいのにいないの」

「きっとお庭にいるわ。昨日フィルがアンゼルムに乗って飛んでみるって言っていたから、さっそくその練習をしているんじゃないかしら」

昨夜張り切って興奮しているところをどうにか宥めて眠りにつかせたので、きっとそうに違いない。

ローガンもまた昨日から張り切っていた。

「ずるいわ。私もアンゼルムに乗りたい！」

「じゃあ、オレンジジュースを持っていって、エイプリルも乗せてもらいましょう。アンゼルムがいいって言ったらだけれど」

「いいって言うに決まっているわ！　アンゼルムは私のこと大好きだもの！」

胸を張って自信ありげに言う姿が微笑ましくて、アガサは顔を綻ばせる。

「そうよね。貴方たちは生まれてからずっと仲良しよね」

愛娘《まなむすめ》の頭を撫でてこれまでの軌跡に思いを馳《は》せた。

──竜の卵が孵化したのは、あれからしばらく経ってのことだった。

バートランドの言うように、約百日後に殻を破って顔を見せてくれた竜に、ふたりは「アンゼルム」という名前をつける。

最初こそは人間と竜との共生はできるのかと周りは懸念していたが、そんなことを他所にアガサたちはアンゼルムと家族になっていった。

孵ったばかりで固形物を食べられないアンゼルムに山羊《やぎ》の乳を与えたり、果物を磨《す》り潰《つぶ》したものを与えたり、夜泣きをすればあやし、遊んで屋敷の中を暴れ回れば叱りつける。

アガサとローガンでまるで我が子のように育てていった。

そして、アンゼルムが生まれてから一年後、アガサのお腹にも命が宿る。

男女の双子のメイフィルとエイプリル。

今年で六歳になる子どもたちにとって、アンゼルムは兄だ。

種族は違えども、そこにはたしかな絆《きずな》があった。

メイフィルはローガンと同じく騎士になるのが夢で、アンゼルムに乗って戦いたいと語る。

竜騎士になりたいのだと。

エイプリルの夢は素敵なお嫁さんになることだと言っていて、ローガンは「とても可愛らしいお嫁さんになるよ」と娘に言いながらも、裏では「嫁なんて行かせたくない」と悲しそうな顔をする。

ローガンも子煩悩で、毎日子どもたちと遊んでは、立派に騎士団長としての職務も果たしていた。

双子とアンゼルムの首からは、ローガンが作ったアミュレットがぶら下がっている。

アガサも刺繍をしたハンカチを贈っていて、家族の証が増えていっていた。

庭に行くと、低飛行ながらもメイフィルを乗せてアンゼルムが飛んでいるのが見える。

「母上！　エイプリル！」

楽しそうに手を振るメイフィルに、アガサも手を振り返した。

「ありがとう、アンゼルム。疲れたら下りてらっしゃい。オレンジを持って来たから」

アンゼルムに声をかけると、オレンジが大好きな彼はすぐさま下り立ち、メイフィルに降りるようにと指示をする。

まだ乗っていたかったメイフィルはむくれて文句を言っていたが、オレンジにしか目が行っていないアンゼルムには届いていなかった。

「今日は私が皆の分のオレンジを選んであげたのよ。絶対に美味しいんだから」

エイブリルが得意げに胸を反らす。

「本当か？　さっそく飲んで確かめてみるか」

ローガンがコップに注がれたオレンジジュースを煽り、それをエイブリルが期待を込めた目で見つめていた。

「たしかにこれは美味い！　さすがだな、エイブリル。お前の見る目はたしかだ」

「そうでしょう？　フィルもアンゼルムも絶対に美味しいから早く早く！」

喜んだエイブリルが急かし、メイフィルはオレンジジュースを飲み、アンゼルムはオレンジに齧《かじ》りついていた。

こちらでも好評だったようで、エイブリルはご満悦だ。

アガサも飲んでみると、たしかに美味しかった。

「じゃあ、今日はいい日になるね！」

メイフィルが言う。

「そうだな。こんなに美味しかったんだ、いい日になる」

ローガンが頷き、皆で喜ぶ。

アンゼルムも「きゅい」と鳴きながら喜んでいた。

オレンジを食べ終わると、アンゼルムは日課の散歩に出る。

王都の空を旋回するのだ。

それはもう王都の人間にとって、見慣れた光景になった。

「いいことと言えば、今日は一緒に昼食を食べないか？　お昼に時間が取れそうなんだ。……子どもたちは乳母に任せて、ふたりきりで」

ローガンがアガサの頬にキスをしながら聞いてくる。

「ぜひご一緒させてください」

屋敷では子どもたちの目もあって、以前のようになかなかイチャイチャすることができなくなった。

だから、ローガンがたまに昼食に誘ってくれて、ふたりきりの時間をつくってくれる。

出会った頃とは違って魔力吸収のためではなく、愛する人に会いに行くために赴くのだ。

「じゃあ、お昼に」

「はい」

キスをして約束をする。

オレンジのように甘い一日のはじまりだった。

――のちにブリングシェアー王国は人間と竜が共生する世界屈指の大国となる。

はじまりの竜・アンゼルムは千年のその生涯をまっとうするまで、守護竜として国を守り、国民に愛される存在となった。

あとがき

はじめましての方もそうでない方も、こんにちは。ちろりんです。

このたびは、アガサとローガンの恋物語をお読みくださりありがとうございます！

カタブツ令嬢と騎士団長の不器用な恋……大好物ですっ。

今まで書いた中で一番キスが多いカップルでしたね。初夜に辿り着くまでにおかげでいい具合に調教……もとい慣らされたアガサでした。

ふたりの両想いになりきらない時点での距離感を測りながらのいちゃいちゃ、とても楽しかったです。そういえば、いちゃいちゃとこんなに言わせたのも初めてかも（笑）。

そして、そんなふたりを美しく描いてくださった蜂不二子先生、ありがとうございます！

ローガンの左肩の竜の噛み痕になぞらった紋様、とても嬉しかったです。めちゃくちゃ色気があって、キャララフをいただいたときに早くカラー表紙を拝みたい！　と興奮しました。

アガサも可愛くて、そのお顔で照れたらそりゃローガンももっと見たいとねだりますわ！とデレデレしました。

本当にありがとうございます。

今年、ついに即売会に出店するという経験をさせていただきました！

なんかもう……いいですね！

私、いろんなサークルさんの本を買ってはウヒウヒと笑いながら小走りしていましたし、本を買いに来てくださる方々とお話してはウヒウヒと浮かれていました。

つい、同じサークルの人に「私、浮かれすぎて気持ち悪くなってる……？」と確認しました。

実際に自分の本を買ってくださる方を目にする機会はなかなかありませんので、貴重な経験です。

基本人見知りの引き篭もりなので、あまり外に出なかったのですが、これからはこういう機会を増やしていきたいと思いました。

今年は、自分の中で変革の年です。

いろいろと積極的に動いていきたいですね。

そんな活動の中で、また皆さんと会える日を楽しみにしております。

ありったけの感謝を込めて。

ちろりん

蜜猫 Mitsuneko Label F

蜜猫F文庫をお買い上げいただきありがとうございます。
この作品を読んでのご意見・ご感想をお聞かせください。
あて先は下記の通りです。

〒102-0075 東京都千代田区三番町8番地1三番町東急ビル6F
(株)竹書房　蜜猫F文庫編集部
ちろりん先生 / 蜂不二子先生

騎士公爵様と溺愛契約結婚！
カタブツ令嬢のキスで国の平和を守ります

2024年3月29日　初版第1刷発行

著　者　ちろりん　
発行所　株式会社竹書房
〒102-0075
東京都千代田区三番町8番地1三番町東急ビル6F
email : info@takeshobo.co.jp
https://www.takeshobo.co.jp
デザイン　antenna
印刷所　中央精版印刷株式会社

モブ令嬢なので大丈夫……じゃなかった!?

えっちな乙女ゲームに転生したら最推しエリートの公爵閣下に溺愛されてます

熊野まゆ
Illustration Fay

愛しいから、すべてにくちづけたくなる

過激すぎてリタイアした18禁乙女ゲームの世界に転生したことに気づいた伯爵令嬢マリア。だが彼女はゲームの世界には居なかったただのモブだった。前世の経験を生かし魔法を使ったプリザーブドフラワーの開発にいそしむ彼女は最推しだった花好き公爵、トラヴィスに業務提携と婚約を申し込まれる。「きみが欲しくてたまらない」大好きだった人に望まれ嬉しいけれど、えっちなゲームの内容を思うと受けていいのかためらわれて!?

婚約破棄された毒舌令嬢は敵国の王子にいきなり婚約者にされ溺愛されてますがなにか？

しみず水都

Illustration 深山キリ

私の愛の重さを、しっかり感じてもらいたいからね

国政を顧みない婚約者である王太子に対しての忠言を「毒舌」と疎まれ婚約破棄された公爵令嬢ヴィオレッタ。しかしその直後、彼らの国は近隣のドラスコス王国に占領される。ヴィオレッタは、他の者に手出ししないのを条件に、王子ファビオに抱かれることに。「私に愛される方を選んだんだね。賢明だ」侵略者の筈のファビオは彼女を優しく溺愛し、あまつさえメルサナを統治するためにヴィオレッタを妃にすると言いだして—!?

蜜猫F文庫